光文社文庫

文庫書下ろし／長編時代小説

坊主金

評定所書役・柊左門 裏仕置㈠

藤井邦夫

光 文 社

この作品は光文社文庫のために書下ろされました。

目次

評定所《ひょうじょうしょ》は江戸幕府最高の裁判所であり、和田倉御門《わだくらごもん》前辰ノ口にあった。

評定所で扱うのは、国の大事件、寺社、町、勘定の三奉行の管轄が互いに関わっている事件である。評定所の役人は勘定奉行の支配下にあり、留役・勘定組頭、留役勘定、評定所改方、同書物方、評定所番、同書役《かきやく》、同同心、留守居などがいた。

評定所の表には、八代将軍吉宗の時から庶民が不平不満を書き記した訴状を入れる目安《めやす》箱《ばこ》が置かれた。目安箱は、毎月二日、十二日、二十一日に城中に運ばれ、将軍自らが読んだ。

その後、制度は形骸《けいがい》化し、取り上げられる訴状は少なく、多くは不採用として打ち棄てられた。

第一話　裏仕置《うらしおき》

一

暮六つ（午後六時）が過ぎ、夕陽も沈んで逢魔《おうま》が時《どき》が訪れた。

塗笠《ぬりがさ》を目深《まぶか》に被った侍《さむらい》は、着流しの裾を翻しながら日本橋を渡った。

赤い前垂れに襷《たすき》掛《が》けの十三、四歳の少女は、家路を急ぐ人たちの間を縫って塗笠を被った侍を追った。塗笠を被った侍は高札場《こうさつば》を抜け、左手に曲がって楓川《もみじがわ》に架かる海賊橋《かいぞくばし》に向かった。

薄暗さは青みを失い、暗さだけを広げ始めた。

塗笠を被った侍は、海賊橋を渡って南茅場町《みなみかやばちょう》を通り、武家地に進んだ。

赤い前垂れの少女は息を弾ませ、月明かりを頼りに懸命に追った。だが、塗笠の侍は武

た。
夜の暗がりに包まれていく武家地は、町奉行所の与力・同心が暮らす八丁堀北島町だっ
赤い前垂れの少女は、怒りを滲《にじ》ませた眼で武家地を見廻した。
武家屋敷の何処かに入った……。
家地に消えた。

評定所書役の柊《ひいらぎ》左門《さもん》は、不採用になった訴状の始末をしていた。

町役人や大家への不満……。

大店《おおだな》や料理屋に対する苦情……。

他人への個人的な恨みつらみ……。

そして、町奉行所や勘定奉行所などに訴えるべきものなどは、不採用とされた。

左門は、不採用とされた訴状を片付けていた。そして、一通の訴状に眼を止めた。

訴状は、平仮名の多い幼い女文字で書かれていた。

左門は読み下した。

『……呉服屋松丸屋のだんなさまをだまして金をとり、首つりにおいこんだ悪人の一人は、
八丁ぼりに住んでいる北町奉行所与力の田中さまです。おなわにしてきびしくお仕置して

下さい』

呉服屋『松丸屋《まつまるや》』の主人は騙《かた》りに遭い、身代《しんだい》を失って首を括《くく》った。そして、その騙りの一味の一人が、北町奉行所の〝田中〟という与力だと訴えていた。

こいつが本当なら酷《ひど》い話だ……。

左門は訴訟人の名を見た。

目安状は、住んでいる処《ところ》と名前を書き記さなければならない。

『神田すだ町米屋いずみ屋内ちよ……』

左門は、訴状の末尾に書かれている処と名前を読んだ。

左門は眼を瞑《つむ》った。

瞼《まぶた》の裏に、米屋で下女働きをしているちよという名の少女の姿が浮かんだ。

仮にこの訴状が取り上げられたなら、調べるのは目付である。だが、取り上げられなかった限り、おちよの訴えは虚しく打ち棄てられるだけだ。

北町奉行所与力の田中さんか……。

内濠に架かる和田倉御門前辰ノ口評定所から外濠《そとぼり》呉服橋《ごふくばし》御門内の北町奉行所は近い。

妙な臭いがしやがる……。

左門は、微《かす》かに漂う悪の臭いを感じ、小さな嘲《あざけ》りを滲ませた。

評定所書役の左門は、俸禄《ほうろく》十両足高三十俵の小役人に過ぎず、探索する役目でもなければ権限もない。

だが、見過ごしには出来ねえ……。

左門は、おちよの訴状を懐に入れ、残った物の始末を急いだ。


評定所を出た左門は、道三河岸《どうさんがし》を外濠に向かった。

外濠に架かる呉服橋御門の前に北町奉行所があり、道三堀に架かる銭瓶橋《ぜにかめばし》を渡ると勘定奉行所がある。

柊左門は、勘定奉行所から評定所詰になっている。左門は、勘定奉行所に立ち寄り、北町奉行所に〝与力の田中〟が本当にいるのかどうか当たった。町奉行所の与力は、南北合わせて五十騎。北町奉行所には二十五人いる。探すのは難しくない。

「ああ。吟味与力に田中政之助ってのがいるよ」

左門の同輩が知っていた。

「どんな人だい」

「切れ者だって噂だが、本当のところはどうだか」

田中政之助は、三十歳半ばの背の高い男であり、情け容赦のない捕物と裁きをする与力だという評判だった。

「田中政之助、どうかしたのかい」

同輩は、怪訝《けげん》な眼差しを左門に向けた。

「いや。ちょいと名前を聞いたもんでね」

左門は、切絵図の八丁堀細見を開き、田中政之助の屋敷を探した。田中政之助の屋敷は北島町にあった。左門は、田中屋敷の場所を頭に刻み込んだ。


日本橋から続く神田須田町の通りは、行き交う人々で賑《にぎ》わっていた。

米屋『和泉屋』の暖簾《のれん》が揺れていた。

左門は、行き交う人々越しに『和泉屋』を眺めた。米屋『和泉屋』は奉公人や人足たちが忙しく働き、客が出入りしていた。赤い前垂れと襷《たすき》を掛けた少女が、忙しく掃除をしていた。

『米屋いずみ屋内ちよ……』

目安箱に訴状を入れた少女だ。

左門の直感が囁《ささや》いた。

訴状を書き、目安箱に入れた『米屋いずみ屋内ちよ』は存在した。

おちよは、人足たちと楽しげに言葉を交わしながら手際良く掃除をしている。

利発そうな娘だ……。

訴状は、何者かがちよを装って差し出した贋物ではない。おちよ自身が書いて目安箱に入れたのだ。

左門はそう睨《にら》んだ。


申《さる》の刻七つ（午後四時）。

町奉行所の与力や同心の帰宅時間だ。

左門は、八丁堀北島町にある田中政之助の屋敷を見守っていた。

町奉行所を退出した与力や同心たちが、それぞれの屋敷に帰ってきていた。

七つ半（午後五時）が過ぎた頃、瘦せた背の高い武士がやって来た。

背の高い武士は、鋭い眼差しで辺りを見渡し、田中屋敷の門を潜《くぐ》った。

「旦那さまのお帰りにございます」

出迎えた下男の声が聞こえた。

田中政之助……。

左門は、おちよが騙りの一味と訴え出た北町奉行所与力田中政之助の顔を見届けた。

神田川の流れは月明かりに煌《きら》めいていた。

左門は、神田川に架かる和泉橋《いずみばし》を渡り、夜風に暖簾を揺らしている小料理屋『葉月《はげつ》』に入った。店には隠居風の客が二人、静かに酒を飲んでいた。

「あら、左門の旦那。いらっしゃい」

女将《おかみ》のお仙《せん》は、色っぽい眼差しで左門を迎えた。

「いるかい」

左門は店の奥を示した。

「ええ……」

お仙は頷いた。

「邪魔するよ。酒を持って来てくれ」

左門は慣れた調子で店の奥に入り、廊下を進んだ。

「道春《どうしゅん》、左門だ。入るぜ」

「おう……」

左門は、廊下の奥にある居間に入った。

坊主頭の大河内《おおこうち》道春が、お仙の赤い襦袢《じゅばん》を羽織って酒を飲んでいた。

「久し振りだな」

左門は道春の前に座り、椀の蓋に酒を満たした。

「達者だったか」

御数寄屋坊主の道春は、四十俵取りの御家人格である。

「ああ……」

左門は、酒を飲み干した。

「で、何か面白いことでもあったか」

道春は酒を啜《すす》り、抜け目のない眼で左門を窺った。

「こいつを読んでみな」

左門は、道春の前におちよの訴状を置いた。

「目安箱に入れられた訴状か……」

「ああ……」

左門は手酌で酒を飲んだ。

道春は、訴状を黙読し始めた。

「お待たせ致しました」

お仙が酒と肴《さかな》を持って来た。

「すまないね」

「いいえ。どうぞ……」

お仙は、左門の猪口《ちょこ》に酒を満たした。

「あんた。いつまでもそんな格好をしていると風邪をひきますよ」

お仙は、道春に一言掛けて出て行った。

「半年前の松丸屋の一件か……」

道春は、訴状を置いて酒を飲んだ。

「知っているかい」

「噂だけな。浅草の呉服屋松丸屋の主が騙りに遭って身代を巻き上げられ、首を括《くく》ったって話だ」

「そいつだ」

「その騙りに北町の与力が嚙んでいたかい」

道春は酒を啜った。

「ああ……」

「訴状の文字は女子供。信用出来るかな」

「女子供だから信用出来る……」

左門は薄く笑った。

「だから見逃す手はねえか……」

道春は左門を窺った。

「ああ。肝心なのは、松丸屋が騙し取られた身代が幾らで、今どうなっているかだ」

「そして、どのぐらい上前《うわまえ》を撥《は》ねられるかだな」

道春は坊主頭を輝かせ、その眼に狡猾《こうかつ》さを滲《にじ》ませた。

「そういうことだ」

左門は苦笑した。

「よし。手分けをするか」

「ああ。俺は訴状を書いたおちよに当たる。お前は田中政之助を調べてくれ」

「いいとも……」

「田中は油断のならない野郎らしい。気をつけるんだぜ」

「任せておきな」

道春は面白そうに笑った。

左門は、微かな嘲りを浮かべて酒を飲み干した。

お仙と客たちの楽しげな笑い声が、店から響いてきた。

下谷練塀小路《したやねりべいこうじ》の左右には、御家人たちの組屋敷が連なっている。

左門は、通い慣れた道を提灯《ちょうちん》も持たずに帰ってきた。

屋敷に帰ったところで、待っている妻子もいなければ親もいない。いるのは、いつから居ついているのか分からない三毛猫が一匹いるだけだ。

暗い道の先に屋敷が見えてきた。

左門は先を急いだ。そして、路地を横切ろうとした時、人影が過《よぎ》って光が瞬《またた》いた。左門は、咄嗟《とっさ》に身を投げ出した。

白刃が闇を斬り裂いた。

左門は転がり、振り向きざまに抜き打ちの一刀を放った。

閃光が走り、刀を握る腕が夜空に飛んだ。

人影は弾かれたように後退し、苦しげな呻《うめ》き声を洩《も》らして身を翻した。

左門は残心《ざんしん》の構えを取り、逃げ去って行く人影を透かし見た。人影は羽織袴の侍だった。

血の臭いが漂った。

何者だ……。

左門は、襲撃者が誰か割り出そうとした。

襲われる心当たりがない訳ではない。だが、そうだとしたなら、襲撃者は左門の裏の顔を知っている事になる。

その時はその時だ……。

左門は不敵な笑みを浮かべた。


神田須田町の米屋『和泉屋』は、人足たちが米俵を運び込む朝の忙しい時も過ぎ、静けさを取り戻していた。

笊《ざる》を持ったおちよが裏手から現れ、店の表に零《こぼ》れている米粒を一粒ずつ拾い始めた。

しゃがみ込んでいるおちよを人影が覆った。

おちよは怪訝《いぶかし》げに振り返り、背後に立っている人を見上げた。

塗笠を被った左門だった。

おちよは、武士だと知って慌てて立ち上がった。

「あの、何か……」

「やあ、驚かせてすまん」

左門は親しげに笑った。

「おちよだね」

「は、はい……」

おちよは警戒感を露わにした。

「私は評定所の者でね」

「評定所のお役人さま……」

おちよは顔を輝かせた。

「うん。ちょいと聞かせて貰いたい事があってね。旦那さんいるかな」

「はい……」


米屋『和泉屋』の奥座敷は、往来の賑わいを感じさせない静けさだった。

「おちよにございますか……」

白髪頭の『和泉屋』の主・藤兵衛《とうべえ》は、柔和《にゅうわ》な眼差しを左門に向けた。

「ええ。どういう関わりで雇われたのですか」

「以前、おちよが奉公していた呉服屋の主と手前が知り合いでして……」

「松丸屋の仁左衛門ですか……」

「はい……」

藤兵衛は、警戒するように左門を見つめて頷いた。

「おちよ、仁左衛門を随分慕っていますね」

左門は微笑んだ。

「利発で賢い子ですから。松丸屋が店を閉めた時、手前が引き取りました」

藤兵衛は眼を細めた。

「成る程。では、おちよが目安箱に訴状を入れた事は……」

「存じております」

藤兵衛は頷いた。知っていたどころか、藤兵衛は訴状を出すのを勧めたのかも知れない。

そうだとしたら、藤兵衛自身、お上《かみ》の松丸屋の一件の始末に不満を抱いている事になる。

「で、評定所はおちよの訴状を……」

「取り上げません」

左門は首を横に振った。

「そうですか……」

藤兵衛は肩を落とした。

「それで、おちよに訊きたい事があるのですが……」

「訊きたい事にございますか……」

藤兵衛は眉をひそめた。

「ええ。評定所の役人としてではなく、柊左門として……」

左門は、藤兵衛に笑いかけた。

神田須田町の日本橋に続く通りを逆に進むと八ツ小路となり、筋違御門《すじかいごもん》と昌平橋《しょうへいばし》の架かる神田川がある。

左門はおちよを伴い、八ツ小路に面した甘味処『淡雪堂』に入った。

「さあ、好きなものを頼むがいい」

「はい……」

左門は茶を頼み、おちよは遠慮がちに汁粉を注文した。

「それでお役人さま。評定所は松丸屋の旦那さまを騙した者たちを調べてくれるんですか」

おちよは、眼を輝かせ、期待に胸をふくらませていた。

「そいつがおちよ。残念ながら訴状は取り上げられなかったよ」

「えっ……」

おちよは困惑した。

「だけど、私が密かに調べてみるよ」

左門は声をひそめた。

「お役人さまが……」

おちよの顔に不安が湧いた。

「ああ。任せておきなさい」

左門は大きく頷いてみせた。

「は、はい……」

おちよは、不安げに頷いた。

「さて、おちよ。お前が和泉屋の前に奉公していた呉服屋の松丸屋について聞かせて貰おうか」

左門は、運ばれてきた茶を啜った。

「はい……」

おちよは頷いた。

半年前、浅草広小路に暖簾を掲げていた呉服屋『松丸屋』は、身代が傾きかけていた。

主の仁左衛門は、『松丸屋』の立て直しに焦っていた。そんな時、仁左衛門の許《もと》に武州川越の織物問屋から絹の反物《たんもの》が安く手に入るという話が持ち込まれた。

これで、『松丸屋』を立て直せる……。

仁左衛門は喜び、代金の五百両を借金をしてまで用意した。だが、五百両を渡して受け取った絹の反物は、傷物か半端な品物ばかりで売り物にはならなかった。

騙り……。

仁左衛門は、慌てて月番の北町奉行所に駆け込んだ。だが、北町奉行所が調べ始めた時には、川越の織物問屋を装った騙り者たちは姿を消していた。そして、北町奉行所の役人は、傷物や半端な品物でも売り買いした限りは騙りではないと言い、仁左衛門の訴えを取り下げさせた。

呉服屋『松丸屋』は身代を失い、主の仁左衛門は首を括るよりなかった。

おちよは話し終え、零れ落ちる涙を拭《ぬぐ》った。

十三歳の少女にしては、しっかりした説明だった。左門は、おちよの利発さを改めて知った。

「それでおちよ、北町奉行所の与力の田中政之助が、どうして騙りの一味なんだい」

「仁左衛門の旦那さまを騙した川越の織物問屋を装った人と一緒に松丸屋に来たお侍さまなのです」

「騙り者と一緒に松丸屋に来た侍……」

左門は眉をひそめた。

「はい」

「何しに一緒に来たのか分かるかな」

「それは……」

おちよは、悔しげに俯《うつむ》いた。

「分からぬか……」

おそらく騙り者を川越の織物問屋だと身許を保証し、仁左衛門を信用させる為に来たのだ。

左門は、田中政之助の役割をそう睨んだ。

「それでおちよ。仁左衛門を騙した織物問屋は、どんな人相だったか覚えているかな」

「はい。四十歳を過ぎていて太い眉毛で眼は細く、顎《あご》の左先に黒子《ほくろ》のある人でした」

おちよは、身を乗り出して答えた。

「太い眉毛に細い眼。顎の左先に黒子だね」

左門は、騙り者の人相を想い描いた。だが、左門の知る限りその人相の男はいなかった。

「お願いです、お役人さま。旦那さまを騙して松丸屋を潰した人たちをお縄にして下さい。厳しくお仕置して下さい」

おちよは、懸命な面持ちで左門に頭を下げた。

「そうじゃあなかったら、首を吊った旦那さまがお気の毒です。お可哀想です」

おちよの眼からまた涙が零《こぼ》れた。

「おちよは、松丸屋の仁左衛門が好きだったのか」

「はい。旦那さまは優しくて、私たち奉公人に読み書き算盤《そろばん》やいろいろな事を教えてくれました。私、旦那さまが大好きでした」

おちよは啜《すす》り泣いた。

「お願いです。どうか、どうか旦那さまを騙した悪い人たちをお仕置して下さい……」

「うむ……」

左門は頷いた。頷くしかなかった。

八ツ小路に続く柳原通りには、土手に連なる柳が緑色の葉を揺らしていた。

二

八丁堀北島町は、昼下がりの静けさに包まれていた。

御数寄屋坊主の道春は、田中屋敷の周囲に聞き込みを掛けた。だが、南北奉行所の与力や同心の暮らす八丁堀での聞き込みは容易ではない。

道春は、出入りの棒手振《ぼてふり》や行商人に金を握らせた。

「田中さまのお屋敷ですか……」

魚屋は眉をひそめた。

「ああ。かなり羽振りがいいと聞いたが、魚も鯛《たい》や平目の良いものを食っているんだろうな」

「いいえ。鯵《あじ》や鰯《いわし》、普通ですよ」

魚屋は、首を横に振って苦笑した。

「ほう。そうか……」

田中家は、主の政之助の他に妻と二人の子供、そして老母の五人家族だ。

町奉行所の与力は二百石取りの旗本だ。だが、役目柄、付け届けが多く、暮らしに困る事はない。

田中が、騙りの一味だとしたら、当然分け前を受け取っているはずだ。その金はどうしたのか……。

道春は聞き込みを続け、田中家の内情を調べた。

大川には様々な船が行《ゆ》き交《か》っている。

左門は、尾行を警戒しながら大川に架かる両国橋を渡り、本所に入った。

尾行して来る者はいない……。

左門は、本所に来るまでの間、己を見張って尾行して来る者の有無《うむ》を確かめた。だが、尾行して来る不審な者はいなかった。

本所竪川《ほんじよたてかわ》に架かる一つ目之橋を渡り、川沿いの道を東に向かうと松井町《まついちよう》一丁目になる。

左門は松井町一丁目の角を右に曲がり、六間堀《ろつけんぼり》沿いを進んで北六間堀町に入った。

木戸口にある大きな銀杏《いちよう》の木は、色づき始めた葉を揺らし煌めかせていた。

左門は、木戸口を潜って古い長屋の奥に進んだ。

銀杏の葉が風に鳴った。

左門は、長屋の奥の家の戸を静かに叩いた。

家の中から返事はなく、人の動く気配が微《かす》かにした。

「音吉《おときち》、私だ……」

左門は戸口で囁いた。

戸口の横の格子窓が僅かに開き、男の慎重な眼が覗いた。

左門は苦笑した。

腰高障子《こしだかしようじ》が開き、音吉が役者崩れの端整な顔を見せた。

「あがって下せえ」

音吉は、左門を招き入れ、油断なく辺《あた》りを見廻して腰高障子を閉め、心張《しんば》り棒《ぼう》を掛けた。

左門は、狭く薄暗い家にあがった。

音吉は、湯呑茶碗に酒を注いで左門に差し出し、自分も啜った。

「儲け話ですか……」

音吉は、唇を酒に濡らした。

「ああ。そうしたいから、こうしてお前の処《ところ》に来た」

左門は酒を飲んだ。

「成る程……」

音吉は、〝かまいたち〟の異名を持つ裏渡世《うらとせい》に詳しい男だった。

「で、あっしに何を……」

音吉は酒に濡れた唇を手の甲で拭い、左門に探る眼差しを向けた。

「歳は四十歳過ぎ。太い眉毛に細い眼、顎の左先に黒子《ほくろ》のある男……」

左門は、音吉を見据えて告げた。

音吉の眼が微かに光った。

「知っているな」

左門は小さく笑った。

「ああ……」

音吉は頷き、酒を飲んだ。

「何処の誰だ」

「旦那の彦八《ひこはち》……」

音吉は小声で告げた。

「旦那の彦八……」

左門は眉をひそめた。

「ええ。見るからに大店の旦那面をしているって奴ですよ」

「それで旦那の彦八か……」

呉服屋『松丸屋』の仁左衛門を騙りの餌食《えじき》にしたのは、〝旦那の彦八〟という二つ名の悪党だった。

「ええ。顎の左先に黒子。間違いねえでしょう。で、やったのは押し込みですかい、それとも騙り」

「騙りだ……」

「いつの話です」

「半年前、浅草の呉服屋だ」

「ひょっとしたら松丸屋ですか……」

「ああ……」

左門は頷いた。

「噂のとおりだったんですかい」

音吉は笑った。

「旦那の彦八は今、何処にいる」

「さあ、そこまでは……」

音吉は、薄笑いを浮かべて首を捻《ひね》った。

「心当たりもないか……」

「彦八を押さえて上前を撥ねますか……」

音吉は、左門の狙いを確かめようとした。

「そして仕置する」

左門の眼に冷たさが過《よぎ》った。

「仕置する訳は、上前だけですかい」

「乗るか……」

左門は、音吉を厳しく見据えた。

「話に乗らなきゃあ、教えて貰えませんか」

音吉は嘲りを浮かべた。

「松丸屋の騙りは、旦那の彦八一人の仕業じゃあない」

「裏に恐ろしい奴が潜んでいますか……」

音吉は嘲りを消した。

「かもしれない……」

左門は、湯呑茶碗に酒を注いだ。

「乗りましょう」

音吉は、湯呑茶碗の酒を飲み干した。

左門は、懐からおちよの訴状を出し、音吉に渡した。

音吉は訴状を開き、差出人が誰か見た。だが、おちよの居場所と名前は切り取られていた。

「訴えたのが何処の誰か、教えられませんかい……」

音吉は苦笑《へた》を浮かべた。

「ああ。下手を踏んで一緒に死なせる訳にはいかない」

左門の脳裏に、おちよの顔が過った。

「ふん。この字は子供。そいつも女の子ですかね」

音吉は、鋭い睨みを働かせながら訴状を読み始めた。

左門は、湯呑茶碗の酒を飲んだ。

行商の金魚屋の売り声が長閑《のどか》に響き渡った。

申《さる》の刻七つ（午後四時）になり、帰宅する与力や同心たちが北町奉行所から出て来ていた。

呉服橋を渡ってくる与力や同心の中に田中政之助がいた。

田中は、呉服橋を渡って外濠沿いを一石橋《いっこくばし》に向かった。

八丁堀とは反対の方向だ……。

道春は、充分に距離を取って尾行を始めた。

田中は、日本橋川に架かる一石橋を渡って尚も進み、鎌倉河岸《かまくらがし》から神田三河町《みかわちょう》に入った。

何処に行く気だ……。

三河町に入った田中の足取りは、辺りを警戒する油断のないものになった。

道春は巧妙に尾行を続けた。
田中は、裏通りにある黒塀で囲まれた仕舞屋《しもたや》に入った。
道春は見届けた。
妾……。
道春の直感が囁いた。
田中政之助は妾を囲っているのだ。
道春は、それを確かめるべく周囲に聞き込みを掛け始めた。
仕舞屋で暮らしているのは、おるいという芸者あがりの女と下女の老婆の二人だった。
そして、田中は四日に一度の割で通って来ていた。
おそらく田中は、騙りの分け前として得た金でおるいを囲っているのだ。
悪事の分け前で妾を囲っている町奉行所の与力か……。
道春は嘲笑《あざわら》った。

本所竪川の川面《かわも》に映る月は、流れに揺れていた。
着流し姿の左門は、音吉と共に竪川に架かる二つ目之橋を渡り、公儀の材木蔵である御竹蔵の傍を抜け、ある大名の江戸下屋敷の裏門を潜った。

大名の江戸下屋敷は、上屋敷とは違って数人の藩士が留守居をしているだけだった。

裏門には、博奕《ばくち》打ちの三下《さんした》が二人いた。

「おう……」

音吉は、二人の三下に頷いてみせた。

「こいつは音吉さん。そちらの旦那は……」

二人の三下は、左門に厳しい眼差しを向けた。

「知り合いの御家人の旦那でな。俺が請け人だ」

「そいつはご丁寧に。どうぞ……」

「遊ばせて貰うぜ」

音吉と左門は、裏庭伝いに中間《ちゅうげん》部屋に向かった。中間部屋では賭場《とば》が開かれていた。

煙草の煙と汗の臭いが満ち溢れ、男たちが博奕に熱くなっている。

音吉と左門は、博奕打ちや博奕に夢中になっている客の顔を見渡した。

「いるか……」

左門は音吉に囁いた。

「いいえ。いませんね」

音吉は首を横に振った。

「そうか……」

左門と音吉は、騙り者の彦八の仲間である博奕打ちの虎造《とらぞう》を探しに来たのだ。

虎造を締め上げ、彦八の居場所を聞き出す。それが、左門と音吉の狙いだった。だが、本所の賭場に虎造はいなかった。

「どうします」

すぐに帰れば怪しまれるだけだ。

「しばらく遊んでいくか」

左門は苦く笑い、音吉に小粒を渡した。音吉は頷き、小粒を握り締めて胴元の処に向かった。


戌《いぬ》の刻五つ半（午後九時）が過ぎた。

黒塀の木戸が開き、田中政之助が色っぽい年増に見送られて出て来た。

妾のおるいだ……。

道春は、嬉しげな笑みを浮かべておるいを見つめた。

「ではな……」

「お気をつけて……」

田中はおるいに見送られて裏通りを鎌倉河岸に向かった。
道春はおるいに名残《なごり》を残し、暗がり伝いに田中を追った。
鎌倉河岸に出た田中は、外濠沿いを一石橋に向かった。
道春は追った。
月明かりに輝く外濠の水面《みなも》に小波《さざなみ》が走った。
田中は足を止めた。
道春は、素早く暗がりに潜んだ。
田中は振り返り、鋭い眼差しで夜の静寂を透かし見た。
道春は、慌てて己の気配を消した。
田中は踵《きびす》を返し、再び歩き出した。
道春は息を整え、頭巾《ずきん》を被って坊主頭を隠し、田中の後を追った。
月が雲間に隠れ、外濠の水面の輝きが消えた。
田中は日本橋川に架かる一石橋を渡り、蔵屋敷を左に曲がった。
道春が追って左に曲がった。
刹那、田中が眼の前に現れ、抜き打ちの一刀を道春に放ってきた。
道春は、咄嗟に転がって躱《かわ》した。田中は道春に追い縋《すが》り、沈黙したまま二の太刀、三の太刀を放ってきた。道春は必死に躱した。

田中の息遣いと空を斬る音が、夜の闇に短く響いた。

道春は、身体を縮めて必死に躱した。そして、躱している間に摑んだ土や小石を田中に投げ付けた。田中は、顔面に土や小石を浴びて思わず怯《ひる》んだ。

道春は、その僅かな隙を突いて物陰の暗がりに飛び込んだ。

田中は、険しい眼差しで辺りの暗がりを透かし見た。道春は物陰で気配を消し、田中を見守った。

暗がりに動きはなかった。

尾行して来た者は逃げた……。

田中はそう見極め、刀を鞘に納めた。

道春は、気配を消したまま見守った。

田中は踵を返し、足早に日本橋に向かった。

道春は、詰めていた息を大きく吐き、物陰の暗がりを出た。

田中は八丁堀北島町の組屋敷に帰る。

道春は、そう睨んで尾行を止めた。そして、頭巾を取り、額に滲んだ脂汗を拭った。脂汗は、額だけではなく首筋や脇の下にも冷たく噴き出していた。

油断のならねえ野郎……。

道春は、田中政之助の恐ろしさを思い知らされた。

月は雲間を出て、外濠の水面は再び煌めいた。

武家屋敷の中間部屋、寺の家作《かさく》……。

博奕打ちたちは、町奉行所の支配の及ばない場所で賭場を開いている。

左門と音吉は、本所一帯の賭場を廻って虎造を探した。

博奕打ちの虎造は、騙り者〝旦那の彦八〟に繋がっている男なのだ。

とにかく今は虎造を見つけるしかない……。

左門と音吉は、夜の本所を歩き廻った。

囲炉裏の炎は燃え上がり、掛けられた鉄瓶からようやく湯気があがった。

「かなりの使い手だな」

左門は、鉄瓶の湯を急須に注ぎ、顔に掛かる湯気に眉をひそめた。

「ああ。危ねえところだったぜ」

「田中政之助か……」

左門は、茶を満たした湯呑茶碗を道春に差し出した。

「妾のおるい。こいつが良い女でね。ありゃあ囲う金も馬鹿にはならねえだろうな」

道春は、好色な笑みを浮かべた。

「ふん。ま、余計な真似をして、足を引っ張られないように気をつけるんだな」

左門は苦く笑った。

女好きが道春の弱味だった。

「それより、旦那の彦八か……」

道春は話題を変えた。

「ああ。そいつが松丸屋の仁左衛門を騙した川越の織物問屋に違いない」

「それで音吉が、彦八の使い走りをしていた博奕打ちの虎造を探しているのか……」

「ああ。音吉が一月前に本所の賭場で見掛けたそうでな」

「旦那の彦八に田中政之助、虎造も騙りの片棒を担いだのかな」

「かもしれない……」

「今のところ、三人か」

「ああ……」

左門は茶を啜った。熱い茶が夜明けの冷気に強張《こわば》った身体に染み渡った。

囲炉裏の火は燃え、台所を明るく照らしていた。

左門の屋敷は、台所の他に八畳と六畳の部屋が二間ずつと納戸がある。左門が一人で暮らす屋敷内は暗く静まり返っていた。

囲炉裏の火が爆《は》ぜ、甲高い音を鳴らして火花を散らせた。

殺風景な壁に映る左門と道春の影が揺れた。


刀身は燭台の灯りに映えた。

何者だ……。

田中政之助は、手入れの終えた刀を見つめた。刀身に、十徳《じっとく》を翻して躲す頭巾の男の姿が浮かんで消えた。

頭巾の下は丸く、頭に髷《まげ》はなかったようだ。

坊主か……。

だが、坊主でも線香臭い経を読む僧侶ではなく、頭髪を剃っただけの坊主頭の男か、城中で茶を運ぶ御数寄屋坊主かもしれない。

もし、御数寄屋坊主だったら……。

田中に得体の知れぬ不安が湧いた。

おのれ……。

田中は身を震わせ、得体の知れぬ不安を斬り払うように刀を一閃《いっせん》させた。

燭台の炎は揺れもせず、一瞬にして消えた。

田中は闇に沈んだ。

三

辰ノ口評定所は、式日寄合《しきじつよりあい》裁判の日だった。

〝式日寄合裁判〟とは、月に三度、決めた日に開く三奉行立合裁判であり、民事・刑事の訴訟に関わる互いの管轄違いを交渉するものである。

評定所で開かれる評定には、老中、寺社・町・勘定の三奉行、大目付、目付が参加する〝閣老直裁判〟。三奉行と目付が参加して刑事・民事を扱う一座掛かりの〝三奉行立合裁判〟。三奉行と大目付、目付で刑事事件を扱う〝五手掛《ごてがかり》裁判〟。寺社、町奉行所、大目付、目付の〝四手掛《してがかり》裁判〟。町奉行、大目付、目付の〝三手掛《みてがかり》裁判〟。月に三度の定式で三奉行、目付で民事・刑事を扱い、管轄違いの交渉、金銀出入などの軽い裁判を行う〝月並立合裁判〟。そして、〝式日寄合裁判〟の七種類の裁判があった。

その日の式日寄合裁判は大した案件もなく、午《うま》の刻九つ（正午）に終わった。

書役の柊左門は後片付けを急いだ。


道三堀に風が吹き抜け、水面に小波が走っていた。

評定所から出て来た左門は、道三河岸を外濠に向かった。

音吉が物陰から現れ、背後から左門に並んだ。

左門は一瞥《いちべつ》した。

「虎造、いましたぜ」

音吉が囁いた。

「いたか……」

「ええ。横十間堀亀戸町《かめいどちょう》の賭場に毎晩現れていましたぜ」

音吉は笑みを浮かべた。

虎造は、呉服屋『松丸屋』の仁左衛門を騙した〝旦那の彦八〟に繋がる博奕打ちだ。

虎造を押さえれば、〝旦那の彦八〟に辿り着く。

「よし。亀戸だ」

左門と音吉は、本所横十間堀亀戸町に向かった。

北町奉行所を出た田中政之助は、外濠沿いを鎌倉河岸に向かった。そして、神田八ツ小路から神田川に架かる筋違御門を抜け、御成街道を下谷に進んだ。

御成街道は、将軍家が菩提寺《ぼだいじ》である東叡山《とうえいざん》寛永寺に参拝する時に使う道である。

田中は油断なく辺りを窺い、時々背後を振り返って尾行を警戒した。

何処に行くのだ……。

道春は十徳を脱いで笠を被り、御成街道に並ぶ路地を使って田中を追った。

下谷広小路は賑わっていた。

田中は、人込みの中をゆっくりと池之端に進んだ。

道春は、慎重に尾行を続けた。


不忍池《しのばずのいけ》中ノ島の不忍弁才天には参詣客が列を成している。

田中は、弁才天を横手に見ながら不忍池の畔を進んだ。

誰かと逢うのか……。

道春は、田中との距離を僅かに詰めた。

木々の梢が揺れ、木洩れ日が煌《きら》めいた。

田中は雑木林に踏み込んだ。道春は木陰伝いに追った。

田中は立ち止まった。

ここで誰かと逢うのか……。

道春は木陰で見守った。

雑木林に一人の浪人が入って来て田中に近づいた。

田中は、振り返って浪人を迎えた。浪人は、田中に何事かを囁き、道春が潜んでいる木陰を指差した。田中は浪人の指先を追い、嘲笑を浮かべた。

誘《おび》き出された……。

田中が逢おうとした相手は、尾行者である道春だった。尾行者が誰か突き止める為、己を餌にして追わせ、浪人に確かめさせたのだ。

道春は逃げようと身を翻した。だが、行く手に二人の浪人が現れた。

田中に抜かりはなかった。

道春は立ち尽くした。

「顔を見せて貰おう。笠を取れ」

田中は嘲りを浮かべ、浪人を従えて道春に迫った。

道春は僅かに後退《あとずさ》りした。

行く手を塞いだ二人の浪人が、刀を抜き払って道春の逃げ道を塞いだ。

道春は、懐の中で匕首《あいくち》を握った。

「何故、俺を尾行《つけ》る……」

田中は嘲りを消した。

「そいつは手前《てめえ》に訊くんだな」

道春は不敵に言い放った。

「なに……」

「身に覚えがあり過ぎて分からないか……」

道春は、田中をからかいながら懸命に逃げ道を探した。

「下郎《げろう》……」

田中は怒りを滲ませ、猛然と道春に斬り付けてきた。

道春は茂みに身を投げ出し、そのまま転がって匕首を抜き、浪人たちに突き掛かった。

浪人たちは飛び退《の》いて躱した。道春は、その隙を突いて浪人たちの囲みを破った。だが、
浪人たちは、素早く体勢を立て直し、道春に殺到した。

逃げ切れない……。

道春は覚悟を決めた。

浪人たちは、刀を煌めかせて道春に迫った。

刹那《せつな》、手拭《てぬぐい》で頰被りをした侍が現れ、浪人の一人を抜き打ちに斬った。浪人は、血を振り撒いて前のめりに倒れた。鮮やかな手練《てだれ》だった。

残った二人の浪人たちは怯《ひる》んだ。

頰被りをした侍は、薄汚い袴の裾を翻して浪人たちに猛然と斬り掛かった。

木々の梢が大きく揺れ、木洩れ日が激しく煌めいた。

二人の浪人は、血を撒き散らせて茂みに沈んだ。

道春は、立ち上る血の臭いを吹き払うように安堵の吐息を洩らした。

田中政之助はすでに姿を消していた。

野郎……。

道春は吐き棄てた。

「怪我はないか。道春さん」

道春を助けた侍は、笑みの含んだ親しげな声を掛けながら頰被りを取った。

加納紳一郎《かのうしんいちろう》の若々しい顔が、頰被りの手拭の下から現れた。

「ああ。お蔭で助かったぜ。紳一郎」

「広小路で、道春さんが浪人どもに尾行《つけ》られているのを見ましてね」

貧乏浪人の加納紳一郎は、神道無念流の剣客であり、下谷黒門町の佐伯道場の師範代に雇われていた。そして、稽古の帰り、下谷広小路で道春を見掛け、浪人たちに尾行られているのを知ったのだ。

道春は苦笑した。

「助けて貰った礼をしたいのなら、池之端の料理屋とはいいません。その辺の一膳飯屋で結構ですよ」

紳一郎は、嬉しそうに笑った。


本所横十間堀亀戸町には、菅原道真《すがわらのみちざね》を祀《まつ》った亀戸天満宮がある。

虎造の現れる賭場は、亀戸天満宮の裏手にある小さな寺で開かれていた。

左門と音吉は、横十間堀に架かる天神橋の袂にある蕎麦屋で夜になるのを待った。

「北町の与力の田中政之助ですかい……」

音吉は、眉をひそめて酒を飲んだ。

「知っているのか」

左門は、手酌で猪口に酒を満たした。

「噂だけですがね……」

「どんな噂だ」

「子供の薬代欲しさについ盗みを働いた女を牢に入れ、病の子供を死なせたとか」

音吉は怒りを滲ませた。

「酷《ひど》い話だな」

「ええ。血も涙もねえ野郎ですぜ」

「それに旦那の彦八か……」

「彦八は、呉服屋の松丸屋の騙りの他にもいろいろと噂がありましたぜ」

「噂か……」

左門は眉をひそめた。

「ええ。噂にはなるが、お縄になる事はねえ。妙な話ですよ」

音吉は、妙な話の背後に潜むものを冷笑した。

「田中政之助かな……」

妙な話の背後には田中政之助が潜んでおり、噂が事件になる前に握り潰しているのかもしれない。

「きっと……」

音吉は頷き、猪口の酒を呷《あお》った。

昼下がりの一膳飯屋は空いていた。

紳一郎は、丼飯を食べながら酒を飲んだ。

「佐伯道場で飯、食わせて貰わなかったのか」

道春は眉をひそめた。

「いや。馳走になりました」

紳一郎は笑った。

「それにしては見事な食いっぷりだな」

道春は呆れた。

「相手が町奉行所の与力とは。左門さん、かなり気合が入っていますね」

紳一郎は、飯を食べ終わって手酌で酒を飲んだ。

「訴状の主は十三、四歳の娘。金に加えて女子供が絡めば、人情溢れる左門さんが気合を入れねえ訳がない」

道春は苦笑した。

「それで、裏仕置ですか」

「まあな……」

「面白そうですね。俺も一口乗せて貰えませんか」

紳一郎は、今までにも左門の裏仕置を手伝っていた。

「このままじゃあ、黙っていても紳一郎の力は必要になるさ。待っていな」

「そうですか。楽しみだな」

紳一郎は、嬉しげに酒を飲み干した。


日は暮れ、夜が訪れた。

賭場は小さな寺の奥座敷で開かれている。

左門と音吉は、賭場へ続く小さな寺の裏口を見張った。

客である遊び人や人足、博奕好きの大店《おおだな》の旦那たちが訪れ始めていた。

見張り始めて半刻（一時間）が過ぎた時、音吉が裏口に近づく人影を見て小さな声をあげた。

「虎造か……」

左門は、近づいて来る人影に眼を凝らした。

「ええ……」

音吉は喉を鳴らした。

人影は、博奕打ちの虎造だった。

虎造は、鼻歌交じりの軽い足取りでやって来た。

「どうします」

音吉は左門を窺った。

「遠慮は無用だ。行くぞ」

左門は、見張り場所から出て虎造に向かった。

虎造は、武士である左門に道を譲って擦れ違おうとした。

「おう。虎造じゃあねえか」

左門が声を掛けた。

虎造は、怪訝な面持ちで左門を見た。

「探したよ」

左門は親しげに笑い掛けた。

「あの、お侍さんは……」

虎造は戸惑った。刹那、背後から忍び寄った音吉が、虎造の首に腕を廻した。虎造は眼を剝き、苦しそうにもがいた。

「大人しくしな」

左門は、虎造の鳩尾《みぞおち》に拳を叩き込んだ。

虎造は、気を失って崩れ落ちた。

音吉はそのまま虎造の胸を抱え、左門は足を持ち上げて一気に運んだ。


田畑は淡い月明かりを浴びて続いていた。

百姓家は大きく軒を傾け、今にも潰れんばかりだった。

破れた屋根から差し込む月明かりは、荒縄で手足を縛られている虎造を浮かびあがらせていた。

気を失っていた虎造が、苦しげに呻《うめ》きながら意識を取り戻した。そして、自分が縛られているのに気付き、怯えたように辺りを見廻した。

「気が付いたか……」

暗がりから左門が囁いた。

虎造は、驚きながら暗がりを透かし見た。

暗がりに蠟燭《ろうそく》の火が灯され、左門の冷たい顔が浮かんだ。

「お前……」

虎造の声が掠《かす》れて震えた。

左門は、虎造を引き起こして蠟燭の炎を照らした。

「虎造、半年前の呉服屋松丸屋の騙りの一件、旦那の彦八の仕業だな」

左門は無表情に訊いた。

虎造は、僅かに身を震わせて左門から視線を逸《そ》らせた。

間違いない……。

松丸屋の騙りの一件は、音吉の睨みのとおり旦那の彦八の仕業なのだ。

左門は確信した。

「そして、お前も彦八の騙りの片棒を担いだ。そうだな」

虎造は、俯《うつむ》いて黙ったままだ。

左門は、蠟燭《ろうそく》の炎を虎造の顔に近づけた。

虎造は仰《の》け反《ぞ》った。乱れた鬢《びん》の毛がちりちりと燃え、異様な臭いが漂った。

左門は黙ったまま、蠟燭の炎を虎造の顔の両側にかざした。鬢の毛は燃え、異様な臭いが満ちた。

「止めろ。止めてくれ……」

虎造は、恐怖に慄《おのの》き激しく震えた。

「旦那の彦八、何処にいる……」

「し、知らねえ……」

左門は、虎造の髷を掴んで顔を仰向けにし、蠟燭の火を近づけた。顔が炎に嬲《なぶ》られ、眉毛や睫《まつげ》が焼けた。

「彦八は何処にいる……」

左門は、炎の熱さとは逆に冷めていく。

虎造は悲鳴をあげようとした。刹那《せつな》、溶けた蠟燭が、虎造の口に振り落とされた。

虎造は、熱さに激しくむせ返った。

「虎造、私は悪党には容赦はしない。鬼にもなれば死神にもなる……」

左門は冷たく告げた。

虎造は肩で激しく息をつき、左門の冷酷さを思い知った。

「向島《むこうじま》だ。向島にいる」

虎造は己の限界を悟った。

「向島の何処だ……」

「長命寺の裏にある寮だ……」

騙り者の〝旦那の彦八〟は、向島の長命寺の裏に潜んでいる。

「誰と一緒だ」

「妾だ。妾のお紺《こん》と一緒にいる」

「間違いないな……」

「ああ……」

左門は、虎造の髷から手を放した。

虎造は、虚脱したように項垂《うなだ》れた。

左門は、虎造の傍に蠟燭を立てた。

「虎造、逃げたかったら蠟燭が溶ける前に縄を焼き切るんだ。もっとも、倒したら火事になって焼け死ぬだろうがな」

左門は冷たく笑い、崩れ掛けた百姓家を後にした。

虎造は、足音が遠ざかるのを確かめ、蠟燭の炎に手を縛っている荒縄をかざした。

蠟燭の炎は青白く瞬《またた》いた。


左門は田舎道に出た。

音吉が待っていた。

「向島に行きますかい……」

「向島には私が行く。音吉は虎造が何処に行くか見届けてくれ」

「じゃあ……」

「ああ。私は虎造を信用しちゃあいない」

左門は嘲りの表情を浮かべ、横十間堀に架かる天神橋を渡って横川に向かった。横川沿いの道を北に進めば向島だ。

左門は向島に急いだ。

音吉は木陰に潜み、崩れ掛けた百姓家を見守った。虎造の呻き声と肉の焦げる臭いが漂ってきた。

田畑の緑は夜風に揺れた。


向島の田畑には水路が縦横に交錯し、名のある神社仏閣が数多くある。

長命寺もその中の一つであり、桜餅が名物とされている。

騙り者の〝旦那の彦八〟は、長命寺の裏にある寮で妾と暮らしている。

左門は、長命寺の裏手を訪ねた。だが、それらしき寮はなかった。

歳は四十過ぎ、太い眉毛に細い眼。そして顎の左先に黒子のある大店の旦那風の男……。

左門は、長命寺と辺りの百姓家に聞き込みを掛けた。だが、〝旦那の彦八〟らしき男は、長命寺周辺にはいなかった。

虎造の野郎……。

左門は苦く笑った。

横十間堀沿いの道に人気《ひとけ》はなかった。

崩れ掛けた百姓家から脱け出した虎造は、横十間堀に架かる天神橋を渡って横川に向かった。蠟燭の炎にさらされた顔と手首は、激しく痛んだ。虎造は痛みに耐え、懸命に先を急いだ。

音吉は尾行した。

火傷《やけど》の痛みに耐える虎造には、尾行を警戒する余裕はなかった。

虎造は、横川に出てから本所割下水を抜けて大川に出た。

大川の流れには、行き交う船の船行燈《ふなあんどん》の灯りが映えていた。

亀戸から向島に行くには大川に出る必要はない。

左門の睨みどおり、虎造は嘘をついたのか、それとも〝旦那の彦八〟に報《しら》せる気はないのかだ。

いずれにしろ虎造の行き先だ……。

音吉は虎造を追った。

浅草吾妻橋《あづまばし》を渡った虎造は、隅田川沿いの花川戸町《はなかわどまち》と今戸町《いまどちょう》を通って橋場町《はしばちょう》に入った。そして、隅田川沿いにある小さな旅籠《はたご》『大黒屋』の暖簾を潜った。

音吉は、火入れ行燈の陰から見届けた。

旅籠『大黒屋』に〝旦那の彦八〟が潜んでいるのか、それとも虎造が逃げ込んだだけなのか。

音吉は、旅籠『大黒屋』を調べ始めた。

「松丸屋の一件だと……」

〝旦那の彦八〟は太い眉毛をひそめた。

「へい」

虎造は、『大黒屋』の女将のお紺に火傷の手当てをして貰っていた。

「それにしても酷い真似をするねえ」

お紺は、恐ろしげに顔を歪《ゆが》めた。

「ええ。顔色一つ変えず、人の顔を蠟燭の火で嬲《なぶ》りやがって……」

虎造は、火脹《ひぶく》れをした顔で悔しげに吐き棄てた。

「その侍、どんな奴だ」

「そいつが、町奉行所の与力でも同心でもなく、得体の知れねえ侍でして。親方に心当たりはありませんかい」

虎造は、逆に彦八に尋ねた。

「知るか、そんな野郎……」

「ですがその侍、親方の居場所を教えろと」

虎造は、お紺の手当てに痛みを感じて思わず顔を歪《ゆが》めた。

「で、何と答えたんだ」

彦八は、眼に険しさを滲ませた。

「向島の長命寺の裏にいると……」

虎造は、火脹《ひぶく》れした顔を引きつらせ狡猾に笑った。

「そうか……」

彦八は、安堵の吐息を密かに洩《も》らした。

「今頃、古い話を持ち出しやがって……」

彦八は吐き棄てた。

「どうします。このまま放っちゃあおけませんぜ」

虎造は膝を進めた。

「ああ。だが、分からないのはその侍の正体だな」

彦八は、今までに敵対してきた者を思い浮かべた。だが、思い当たる侍はいなかった。

「親方、田中の旦那はご存知ないですかね」

「田中の旦那か……」

「ええ。野郎、半年も前の騙りが親方の仕業だと知って、来たんです。何処で調べてきたのやら……」

虎造は、焼かれた眉をひそめた。

呉服屋『松丸屋』の騙りの真相を知っているのは、彦八と虎造たち配下。そして、北町奉行所与力の田中政之助だけだ。得体の知れない侍は、田中と通じているのかもしれない。

虎造は疑った。

「田中の旦那か……」

「ええ……」

「よし。田中の旦那がどうしているか、調べてみよう」

彦八は細い眼を不気味に輝かせ、顎の先の黒子を指先で撫《な》ぜた。

四

夜の隅田川には、船の櫓《ろ》の軋《きし》みが甲高く響いた。

音吉は、周辺の店にそれとなく聞き込みを掛けた。

旅籠『大黒屋』は、彦兵衛とお紺夫婦によって営まれていた。

主の彦兵衛と彦八、女将のお紺と虎造が云った彦八の妾のお紺……。

そして、何よりも彦兵衛の太い眉と細い眼、顎先の黒子が〝旦那の彦八〟と同じだった。

音吉は、旅籠『大黒屋』彦兵衛が〝旦那の彦八〟だと見定めた。

虎造は、左門に顔を焼かれながらも嘘を付き通したのだ。

おそらく左門は、すでに虎造の嘘に気付いて下谷練塀小路の屋敷に戻ったかもしれない。

音吉は、下谷に戻る町駕籠を見つけ、駕籠舁《かごかき》に金を握らせて左門に結び文を届けるように頼んだ。

駕籠舁は空の駕籠を担ぎ、威勢良く下谷練塀小路に向かった。音吉は町駕籠を見送り、物陰に潜んで旅籠『大黒屋』の見張りを始めた。

下谷練塀小路に連なる屋敷は、すでに眠りに就いている。
左門は刺客を警戒し、練塀小路を油断なく進んだ。
あの夜の刺客は、呉服屋『大黒屋』の騙りの一件とは関わりはない。
左門はそう睨んでいた。
あれ以来、刺客の襲撃はない。
刺客の背後に誰が潜んでいるのか……。
左門は、思いを巡らせながら屋敷の木戸を潜った。
屋敷の台所には明かりが灯されていた。
誰かがいる……。
刺客を始め、左門を狙う者なら明かりを灯さず、待ち伏せをしているはずだ。
左門は、裏口に廻って台所を窺った。
囲炉裏に火が燃やされ、道春が横になって茶碗酒を啜っていた。
左門は苦笑し、裏口から台所の土間に入った。
「おう。遅かったな」
道春は、寝そべったまま顔を向けた。
「ああ。いろいろあってな……」

左門は、盥《たらい》に水を汲んで手足を洗い、囲炉裏端に座った。道春は身を起こし、湯呑茶碗に酒を満たして左門に差し出した。

「それから、音吉からの報せだ」

道春は、音吉が駕籠舁に託した結び文を差し出した。

「うむ……」

左門は酒を啜り、結び文を解いて読んだ。

「何だい」

道春が首を伸ばした。

「浅草橋場の大黒屋って旅籠の主が旦那の彦八だそうだ」

左門は、向島に無駄足を延ばした疲れを忘れた。

「突き止めたか……」

「ああ。それより、田中政之助がどうかしたのか」

道春は、理由もなしに色気のない左門の家にいる男ではない。

「尾行《つけ》たはずが逆に誘《おび》き出され、不忍池の雑木林で殺され掛けた」

道春は、己の失態を笑ってみせた。

「相手は浪人が三人。おそらく金で雇ったんだろう」

「それで、田中は何と……」

「何故、俺を尾行《つけ》ると……」

「呉服屋松丸屋の騙りの一件とは、気付いていないか……」

「きっとな……」

道春は酒を呷《あお》った。

「それにしても、よく逃げられたな」

「運良く、俺が浪人どもに尾行られているのを紳一郎が見掛けてくれた」

道春は笑った。

「悪運の尽きねえ野郎だ」

左門は苦笑し、酒を啜った。

「紳一郎に助けられて、ここで酒を飲んでいられるか……」

「左門、田中は浪人どもに後を尾行させ、俺を割り出した。かなり焦っているぜ」

道春は嘲りを浮かべた。

左門は、道春が何かを企てているのに気が付いた。

「何を企《たくら》んでいる」

「田中に強請《ゆす》りを掛ける」

「強請り……」

「ああ。松丸屋の騙りに関わっているのが分かった。目付に黙っていて欲しかったら金を出せとな」

道春は、楽しそうな笑みを滲ませた。

「面白い……」

「そうだろう」

道春は満足そうに頷いた。

「だが、そいつに旦那の彦八を絡めれば、もっと面白くなる……」

左門は、湧きあがる冷笑を湯呑茶碗の酒を飲んで隠した。

囲炉裏で燃える炎は揺れ、左門の顔を赤く照らした。


旅籠の朝は早い。

だが、旅籠『大黒屋』の下男が大戸を開けたのは、卯《う》の刻六つ半（午前七時）を過ぎてからだった。

差し込んだ朝の光は、土間の隅に落ちている手紙を照らした。

下男は、手紙を拾い上げて奥に急いだ。

左門と音吉は、斜向《はすむ》かいの路地から見届けた。

「さあて、彦八の野郎がどう出るか……」

音吉は嘲笑を浮かべた。

「それにしても今頃、大戸を開けるとは、旅籠ってのも上辺だけだな」

左門は苦笑した。


彦八は、下男の持って来た手紙を開けて読み始めた。読み始めた彦八の顔は次第に険しくなった。

「どうしたんだい、お前さん……」

妾のお紺が眉をひそめた。

「お紺、虎造を呼んでくれ」

「お前さん。虎造、あの顔じゃあ表には出られませんよ」

「だったら春吉《はるきち》だ。春吉を呼べ」

彦八は苛立ちを滲ませた。

お紺は、返事をして居間を出て行った。

「田中の野郎、ふざけやがって……」

彦八は太い眉を怒らせ、細い眼を針のように光らせた。

手紙は田中政之助からのものであり、松丸屋への騙りの真相を嗅ぎつけた者がいるので、握り潰して欲しければ五十両用意して午の刻九つ（正午）、向島の水神に来いと書かれていた。

虎造が痛めつけられた直後の田中の手紙に、彦八は作為を感じずにはいられなかった。

「親方、春吉です」

襖の外で春吉の声がした。

「おう。入れ」

春吉が襖を開けて入って来た。

「何かご用で……」

「ああ。腕の立つ浪人を二、三人、雇って来い」

彦八は、金箱から切り餅を取り出して春吉に投げ渡した。

「旦那さま、このようなものが門内に投げ込まれていたそうにございます」

田中の妻が、起きたばかりの田中の許に結び文を持って来た。

田中は、怪訝な面持ちで結び文を解き、読み始めた。

結び文は彦八からのものであり、松丸屋への騙りの真相を知った者がおり、目付に届け出ようとしている。黙らせたければ五十両を用意し、午の刻九つに向島の水神に来いと書き記されていた。

田中は、己を尾行廻した得体の知れぬ坊主頭の男を思い浮かべた。

彦八は坊主頭の男と手を結び、金を強請り取ろうとしている……。

田中はそう睨んだ。

「おのれ、彦八……」

田中は、怒りを込めて吐き棄てた。


道春と紳一郎は、八丁堀の地蔵橋の袂《たもと》から田中屋敷の表を見張っていた。

「さあて、田中の野郎、どう出るか……」

道春は笑った。

「それにしても、田中と彦八を嚙み合わせようとは、左門さんも人が悪いですね」

紳一郎は感心した。

「悪党に容赦は無用だ」

道春は、小馬鹿にしたように云い放った。

小半刻が過ぎた。

田中政之助は動いた。

組屋敷を出た田中は、呉服橋内の北町奉行所に向かわず、日本橋川に架かる江戸橋の袂にある船宿で猪牙舟《ちょきぶね》を雇った。そして、日本橋川を下り、箱崎から大川に出て流れを遡《さかのぼ》った。

道春と紳一郎は、やはり猪牙舟を雇って田中を追った。

「向島の水神に行くには早過ぎませんか」

紳一郎は戸惑いをみせた。

「ああ。おそらく何か企んでいるんだぜ」

道春は眉をひそめた。

猪牙舟の舳先は流れを切り、水飛沫《みずしぶき》は日差しに煌めいた。

旅籠『大黒屋』に客の出入りは殆どなかった。

「あれでよくやっていけるな」

左門は、『大黒屋』を眺めながら茶を啜った。

「大黒屋は川越の織物問屋さんたちの御用達だそうでしてね。一見《いちげん》のお客さんは滅多に泊めないんですよ」

一膳飯屋の親父《おやじ》は、左門の湯呑茶碗に茶を注ぎ足した。

「成る程、川越の織物問屋の御用達ねえ……」

〝旦那の彦八〟は、川越の織物問屋御用達の旅籠を隠れ蓑にして潜んでいる。

左門はそう見た。

「邪魔するぜ」

音吉が入って来て左門の向かいに座った。

「どうだった」

音吉は、一刻ほど前に出掛けた番頭の春吉を追って戻って来たのだ。

「春吉の野郎、浅草で用心棒の浪人を雇いやがった」

「用心棒……」

左門は眉をひそめた。

「ああ。もうすぐ来るぜ」

音吉は、土瓶の茶を湯呑茶碗に注いで飲んだ。

春吉が、三人の浪人を連れて『大黒屋』に戻って来た。

「奴らか……」

「ああ、一人十両。いや、あの面構《つらがま》えじゃあ七、八両がいいところかな」

音吉は値踏みし、鼻先で笑った。

左門は苦笑した。


田中の乗った猪牙舟は大川を遡《さかのぼ》り、仙台堀に入った。

「何処に行く気ですかね」

道春と紳一郎の乗った猪牙舟は追い続けた。

田中の乗った猪牙舟は、仙台堀を進んで亀久橋《かめひさばし》の船着場に停まった。

「道春さん……」

「ああ。何処に行くか、見失うんじゃあない」

道春は、厳しい眼差しで田中の動きを見守った。田中は船着場に降り、猪牙舟を待たせて亀久町に入って行った。

「ここにいろ」

猪牙舟を待たせた限りは、田中が戻って来るのは確かだ。道春は、紳一郎を猪牙舟に待たせて田中を追った。

亀久町に入った田中は、場末にある古く小さな剣術道場に入った。

用心棒を雇うつもりだ……。

道春は睨んだ。

僅かな時が過ぎ、田中が二人の浪人を伴って出て来た。そして、猪牙舟を待たせている仙台堀に向かった。

道春は先廻りをし、亀久橋の船着場に急いだ。

田中と二人の浪人は、猪牙舟に乗って仙台堀を進んで横川に出た。そして、横川を本所に向かった。

道春と紳一郎の乗った猪牙舟は、充分に距離をとって再び尾行した。


午の刻九つが近づいた。

三人の浪人が、旅籠『大黒屋』から出て来て隅田川に向かった。

因《ちな》みに隅田川は、浅草吾妻橋が〝大川橋〟との異名があるところから、吾妻橋から下流は大川とも呼ばれている。

「彦八、一緒じゃねえな」

「おそらく、向島の水神に先乗りするんだろう」

「じゃあ、あっしが追いますぜ」

「うむ。私は彦八と行く」

音吉は、一膳飯屋を出て浪人たちを追った。

四半刻（三十分）が過ぎた頃、『大黒屋』から彦八が春吉を従えて現れた。

旦那の彦八……。

「父っつぁん、邪魔したな」

左門は一膳飯屋の親父に金を払い、笠を目深《まぶか》に被って彦八たちを追った。

彦八と春吉は隅田川に向かった。そこには、向島寺嶋村に渡る船渡し場があった。


田中と二人の浪人を乗せた猪牙舟は、横川を抜けて源森橋から隅田川に出た。そして、隅田川を遡った。

道春と紳一郎の乗った猪牙舟は、慎重に追い続けた。

田中たちの猪牙舟は向島に入り、竹屋ノ渡で二人の浪人を降ろして水神に向かった。

「道春さん……」

「うむ。田中は浪人どもを先廻りさせ、いざという時に斬り込ませるつもりだろう。紳一郎、都合のいいところで始末してくれ」

「心得た」

紳一郎は猪牙舟を降り、土手道を行く浪人たちの後を進んだ。

田中を乗せた猪牙舟は、尚も隅田川を遡った。


渡し舟は寺嶋村の渡し場に着いた。

彦八は、春吉を従えて渡し舟から降り、土手道を水神に向かった。

左門は、渡し舟を最後に降りた。

音吉が現れ、左門に駆け寄って来た。

「浪人どもは水神の祠《ほこら》の裏に潜んでいるぜ」

「片付けるか」

「ああ。そいつが良さそうだ」

音吉は、懐から使い込んだ折り畳みの鎌を出して握り締めた。

左門と音吉は茂みの中を走った。

陽は中天に昇り、茂みは草の匂いで満ち溢れていた。

土手道には二人の浪人以外に誰もいなかった。

　紳一郎は、薄汚い手拭で頬被りをし、足早に浪人たちの背後に迫った。

　浪人の一人が怪訝《いぶか》しげに振り向いた。

　同時に、紳一郎が刀の鯉口《こいくち》を切って地を蹴った。

「おい……」

　浪人たちは慌てて刀を抜き、紳一郎を迎えた。紳一郎は鋭く斬り込んだ。浪人たちは必死に躱し、辛うじて反撃した。紳一郎と二人の浪人は、激しく斬り結んだ。

　草が千切れて小石が飛び、土煙が舞い上がった。

　紳一郎の刀が光芒《こうぼう》を放った。

　一人の浪人が袈裟《けさ》懸《が》けに斬られ、残る一人が腹を横薙《よこな》ぎに斬られた。浪人たちは血を撒き散らし、呆然とした面持ちでその場に倒れて絶命した。

　紳一郎は刀を納め、二人の浪人の死体を土手道から蹴落とした。二人の浪人の死体は、土手を転がり落ちて深い茂みに隠れた。

　紳一郎は、土手道を水神に急いだ。


　水神は隅田川の総鎮守《そうちんじゅ》だ。

　左門と音吉は、茂みの中を水神の祠の裏手に忍び寄った。

旅籠『大黒屋』から先乗りした三人の浪人が、水神の祠の裏手に潜んで表を窺っていた。

彦八たちと田中は、まだ水神の表に来ていない。

「音吉、一人頼む」

「承知」

音吉は手拭で鼻や口元を隠し、鎌の柄に折り込んでいた刃を引き出して逆手に握った。

左門は刀の鯉口を切り、浪人たちに忍び寄った。

浪人たちは気付き、驚きながらも刀を抜いた。

左門の刀が煌めき、二人の浪人の首の血脈を刎《は》ね斬った。二人の浪人は、首から血を噴き上げて茂みに倒れた。

音吉は、恐怖に震えて逃げようとした三人目の浪人に襲い掛かった。そして、鎌の刃を閃かせて三人目の浪人の喉を斬り裂いた。左門は、音吉が〝かまいたち〟と呼ばれる理由を見た。三人目の浪人は、苦しげに喉を鳴らしてその場に崩れ落ちた。

瞬く間の出来事だった。

「音吉……」

左門は、素早く茂みに身を潜めた。

彦八と春吉が、土手から続く道をやって来た。

左門と音吉は、茂みに身を潜めて二人を見守った。

彦八は、水神の祠の裏手を一瞥して表に向かった。

左門と音吉は見守った。

近くにある寺の鐘が午の刻九つを鳴らした。

隅田川の畔の茂みから田中政之助が現れた。

「親方……」

春吉が声を上擦《うわず》らせた。

彦八は、田中に気付き眉をひそめた。

田中は、彦八たちに対峙した。

「彦八、五十両は持って来た。松丸屋の騙りの真相、誰が目付に届けようとしているのか、教えて貰おう」

田中は、彦八を睨みつけた。

「田中さま。こっちも五十両を用意しました。何処の誰が騙りの真相を嗅ぎつけたのか、教えちゃあいただけませんかい」

彦八は、怒りを滲ませた。

「なんだと……」

田中は眉をひそめた。

「田中さま。こいつはお前さんが五十両の金欲しさに作った狂言。そうなんでしょう」

「彦八、なんの事だ」

田中は戸惑いを浮かべた。

「田中さま、惚《とぼ》けなくてもいいですよ」

彦八はせせら笑った。

「違う。彦八、お前の処に俺の手紙でも行ったのか」

「そいつは、お前さんが一番知っているはずですぜ」

「彦八、俺の処にお前の結び文が投げ込まれた」

「あっしの結び文……」

彦八は困惑を見せた。

「うむ」

「知らねえよ。そんなもの……」

「そうか。彦八、どうやら嵌《は》められたようだ」

田中は、険しい眼で辺りを見廻した。

「嵌められた……」

彦八と春吉は、困惑しながらも田中と同じように周囲を見廻した。

水神の祠の陰から左門と音吉が現れ、田中の背後から頭巾を被った道春が出て来た。

田中と彦八たちは動揺し、身構えた。

「何だ、手前《てめえ》ら」

春吉は怒鳴り、匕首を抜き払った。

田中と彦八は、左門たちが何処の誰か見抜こうとした。

「松丸屋に仕掛けた騙りの顚末《てんまつ》。黙っていて欲しければ、持参した五十両をそれぞれ出して貰おう」

左門は嘲笑を浮かべた。

「なんだと……」

「所詮、悪党が人を騙して手にした金だ。上前を撥ねさせてもらうよ」

「上前を撥ねるだと……」

「ああ。半年前、松丸屋仁左衛門を騙して奪った金だぜ」

「黙れ。松丸屋の騙りなど、我らの与《あずか》り知らぬ事だ」

田中は吐き棄てた。

「だったら、ここに何しに来たんだい」

道春は嘲笑った。

左門は、田中と彦八たちに向かってゆっくり近づき始めた。音吉と道春が続いた。

「出てこい。皆、出てきてこいつらを殺せ」

春吉は祠に向かって叫んだ。

「春吉、死んだ者に叫んでも無駄だぜ」

音吉は冷たく笑った。

彦八と春吉は怯み、顔色を変えた。

「ならば……」

田中は眉をひそめた。

「深川で雇った二人の用心棒ならもういない」

道春が笑った。

「おのれ……」

田中は刀の鯉口を切り、彦八は匕首を抜いた。

「悪党は悪党同士、上手《うわて》が現れたら大人しくした方が身の為だよ」

左門は笑顔で嘯《うそぶ》いた。

春吉が、雄叫《おたけ》びをあげて左門と音吉に突き掛かってきた。音吉は踏み込み、逆手に握った鎌を横薙ぎに一閃させた。

血が赤い霧になってたなびいた。

春吉は喉を斬り裂かれ、血を辺りに振り撒いて倒れた。

田中と彦八は怯み、思わず後退りした。

「旦那の彦八、松丸屋仁左衛門を騙りに嵌め、身代を奪い取って首括りに追い込んだ罪は重い。そして、田中政之助、北町奉行所与力でありながら仁左衛門の必死の訴えを握り潰した罪は許せねえ。裏仕置にするよ」

「裏仕置……」

田中は混乱した。そして、彦八がその場から逃げ出そうとした。

道春は赤い組紐を放ち、彦八の首に素早く巻きつけた。彦八は眼を剥き、苦しく呻いた。

道春は組紐を一気に絞めあげた。首の骨の折れる音が高鳴り、彦八の身体は沈んだ。

「おのれ……」

田中は刀を抜いた。

刹那、左門が抜き打ちの一太刀を放った。刀は閃光となって田中を真っ向から斬り下げた。

川風が吹き抜け、緑の茂みが大きく揺れた。

田中政之助は、眉間から血を滴《したた》らせてゆっくりと倒れた。

「終わりましたか……」

紳一郎が、薄汚い手拭の頬被りを取りながら現れた。

左門は、田中の死体の懐から二個の切り餅を取り出した。

「彦八の五十両も戴いたぜ」

道春は、二個の切り餅を見せた。

隅田川の流れは煌めき、荷船の船頭の歌う唄が長閑《のどか》に響いていた。


江戸の町には、北町奉行所与力田中政之助と旅籠『大黒屋』彦兵衛こと彦八が、呉服屋『松丸屋』の騙りを仕組んだ下手人として誅殺《ちゅうさつ》されたという噂が流れた。


木洩れ日が用部屋の庭先に煌めいていた。

「それで、噂は……」

若い近習《きんじゅ》は膝を進めた。

「どうやら、まことのようだ」

神尾主膳《かみおしゅぜん》は、若い近習を一瞥した。

「ならば御前さまに……」

「何者の仕業か分からぬ事をお報せする訳には参らぬ」

「ですが神尾さま、見聞組のお役目は御前さまの耳目となり、江戸の出来事を……」

「黙れ。御前さまにお報せする時は、私が決める。下がれ」

「ははっ……」

若い近習は、悔しげに下がっていった。

神尾は、庭先の木洩れ日を眩《まぶ》しげに眺めた。

得体の知れぬ男の影が、木洩れ日の中に浮かんで消えた。

「柊左門……」

神尾は、見聞組の配下の腕を斬り飛ばした柊左門の名を呟《つぶや》いてみた。だが、左門が噂と関わりがあるかどうかは、何も分からない。

今暫く様子を見るしかない……。

神尾主膳は決めた。


左門は、神田須田町の米屋『和泉屋』を訪れた。

「お役人さま……」

店の表を掃除していたおちよが、左門に気付いて駆け寄った。

「やあ、おちよ。達者だったかい」

「はい。お役人さま、聞きましたか、田中さまと彦兵衛って人が殺されたの……」

おちよは顔を輝かせた。

「ああ。聞いたよ」

「きっと天罰が下ったんです」

「天罰……」

「はい。悪い事をしたから天罰が下ったんです」

おちよは、自分に言い聞かせるように頷いた。

「そうか、天罰が下ったか……」

左門は笑った。


米屋『和泉屋』の奥座敷は静かだった。

左門は、主の藤兵衛に切り餅を差し出した。

「これは……」

藤兵衛は戸惑った。

「造作を掛けるが、おちよの行く末に使ってやって貰いたい」

「柊さま。噂は手前も聞きましたが……」

藤兵衛は左門を見つめた。

僅かな時が過ぎた。

左門は、微かな笑みを浮かべて頷いた。

藤兵衛は、吐息を洩らして労《ねぎら》うように頭を下げた。

「おちよの忠義な心は報《むく》われなくてはならぬ。頼めるのはお主だけだ。この通りだ。頼む」

左門は、藤兵衛に頭を下げた。

「分かりました、柊さま。ならば、おちよの金として切り餅一つ、二十五両お預かり致しましょう。今、預り証文を書きます」

「藤兵衛、そこまでせずとも……」

「いいえ。預り証文さえあれば、手前が死んでもおちよの金は守れます。そして、もしも手前が約束を違《たが》えた時には、柊さまのお好きなように……」

藤兵衛は覚悟を見せた。

「分かった……」

藤兵衛は預り証文を作り、左門に差し出した。

「確かに……」

左門は微笑《ほほえ》んだ。


神田須田町の往来は行き交う人で賑わっている。

左門は、藤兵衛とおちよに見送られ、神田川に架かる筋違御門に向かった。両国に続く柳原通りの土手に連なる柳の枝は、風に揺れて眩しく煌めいていた。

悪い事をすれば天罰が下る……。

それは、いつの日にか我が身にも降り掛かる事なのだ。

左門は、薄笑いを浮かべた。

評定所が打ち棄てた事件の裏仕置は終わった。

第二話　女掏摸《おんなすり》

一

目安箱は、上様御用御取次《ごようおとりつぎ》によって御休息の間に運ばれる。そして、上様が小さな錦の守袋から鍵を取り出し、自ら目安箱の錠前を開けて投書に眼を通した。投書には、庶民の不平不満、意見具申、訴えなどがあった。だが、各奉行所が扱うべきものや、住所氏名の書き記されていないものは取り上げられなかった。

投書は老中の扱いになるものと、上様自ら探索を命じるものなどに分けられた。しかし、時とともにそうした事も形式化し、投書は滅多に取り上げられず、多くは廃棄処分となって評定所に差し戻された。

評定所書役・柊左門は、差し戻されてきた投書の始末にその日を費やしていた。

左門は茶を啜り、訴状にのんびりと眼を通していた。そして、一通の訴状に眼を止めた。

訴状には、深川小名木川《おなぎがわ》沿いにある大名の江戸下屋敷附近で、三人の若い娘が行方知れずになったので調べて欲しいと金釘流《かなくぎ》で書かれていた。

左門は、差出人の名前と所書《ところがき》を見た。だが、訴状に差出人の名前と所書はなかった。

そして、大名の名も行方知れずになった娘の名も書かれておらず、訴状は取り上げられる事はなかった。

訴状は下手な字で書き綴られているが、一生懸命さが窺われた。

深川小名木川沿いにある大名の下屋敷附近で若い娘が行方知れずになる。

もし、それが本当なら何故なのか……。

左門は興味を抱き、差出人の分からない訴状を懐に入れた。

時が過ぎ、退出の刻限になった。

左門は、背伸びをして肩を叩き、湯呑茶碗に残った冷えた茶を飲み干した。それは、いつもどおりの、忙しい一日を終えたというふりの儀式であった。

左門は、上役である評定所番に挨拶をしてその日の役目を終えた。

辰ノ口評定所を出た左門は、道三河岸を外濠に進んだ。そして、外濠と交わる日本橋川沿いを下り、日本橋の袂の船宿で猪牙舟を雇った。

「深川の小名木川に行ってくれ」

左門は、猪牙舟の船頭に命じた。

船頭は威勢良く返事をし、猪牙舟を日本橋川の流れに乗せた。

左門を乗せた猪牙舟は、日本橋川を下って箱崎橋《はこざきばし》を潜《くぐ》り、三《み》つ俣《また》から大川に出た。そして、大川を遡《さかのぼ》って深川小名木川に入った。

「お侍さま、何処に着けますか」

「そうだね。横川辺りでいいよ」

深川・本所は、北から竪川、小名木川、仙台堀、深川の掘割が縦横に入り組み、西からは六間堀《ろっけんぼり》、横川、横十間堀と東に続いて交差している。

船頭は、小名木川と横川が交差する新高橋の船着場に猪牙舟の船縁《ふなべり》を寄せた。

「造作を掛けたね」

左門は、船頭に心付けを渡して猪牙舟を降りた。

小名木川と横川の交差したところには、小名木川に新高橋、それを挟んだ横川に扇橋と猿江橋が架かっている。

左門は、新高橋の上から小名木川の流れを眺めた。

小名木川は、大川から中川の御番所まで一里十町程あり、川幅は二十間余りあった。そして、小名木川は下総《しもうさ》の行徳に通う川でもあり、塩や醬油を運ぶ行徳船が往来していた。

小名木川の両岸には、町家の並ぶ仙台堀や竪川とは違って武家屋敷が甍《いらか》を連ねていた。

武家屋敷の多くは、諸大名の江戸下屋敷だ。

左門は、小名木川の東を眺めた。

川面には夕陽が赤く映え、岸辺の道を通る人もまばらだった。

左門は、眩《まぶ》しげに眼を細めた。

ここの何処かで、若い娘が行方知れずになっている……。

小名木川に映える夕陽の赤さは次第に消え、逢魔が時の青黒さに覆われていく。

左門は、新高橋に佇み続けた。

船の櫓《ろ》の軋《きし》みが、女の甲高い悲鳴のように響いた。

深川六間堀は、仙台堀と小名木川を結ぶ掘割である。そして、北六間堀町の片隅に音吉の暮らす銀杏《いちょう》長屋があった。

左門は、音吉の暮らす長屋に寄らず、六間堀に架かる北ノ橋の袂にある小さな居酒屋の暖簾《のれん》を潜った。

「いらっしゃい」

老亭主が左門を迎えた。

音吉が、狭い店の奥で一人酒を飲んでいた。

「父っつぁん、酒と肴《さかな》を見繕《みつくろ》って頼む。やっぱりここだったかい」

音吉の他に客はいなかった。

「ええ……」

音吉は、左門を一瞥《いちべつ》して頷いた。左門は、音吉の前に座った。

「どうしました」

音吉は眉をひそめた。

「こいつを聞いた事があるかい」

左門は、懐から訴状を出して音吉に渡した。音吉は受け取り、黙って訴状を読んだ。

「おまちどう……」

老亭主が、左門に酒と大根の煮物を持って来た。左門は、猪口《ちょこ》に酒を満たして飲み始めた。

「噂、聞いた覚えがありますよ」

「どう見る……」

左門は、音吉を一瞥して酒を啜った。

「噂は噂ですからね」

音吉は、猪口の酒を飲み干した。

「若い女が行方知れずになった近くの下屋敷っての、知っているかな」

「噂じゃあ、五本松の傍にある松田藩の江戸下屋敷だそうですぜ」

「松田藩江戸下屋敷……」

「ええ」

「確か常陸国《ひたちのくに》だったかな……」

左門は、手酌で酒を飲みながら武鑑《ぶかん》を思い浮かべた。

「音吉っつぁん。小名木川の神隠しかい」

老亭主が声を掛けてきた。

「ああ……」

音吉は頷いた。

老亭主は、何かを話したがっている。

左門の勘が囁《ささや》いた。

「父っつぁん、何か知っているのかい」

左門は笑い掛けた。

「実はね、旦那。海辺大工町《うみべだいくちょう》に住んでいるあっしの知り合いの娘が、神隠しに遭っちまったんですよ」

老亭主は哀しげに告げた。

「知り合いの娘……」

左門は眉をひそめた。

「ええ。父親は腕のいい船大工でしてね。一人娘で可愛がっていたのに、十日も前に消えちまって。気の毒に……」

老亭主は鼻水を啜った。

訴状と関わりがありそうな者はいた。

「父っつぁん、その船大工と娘の名前、何ていうんだい」

「作造《さくぞう》におきよ坊だ」

「おきよ、歳は幾つだ」

「二十歳だよ」

「二十歳の娘が十日前に行方知れずか」

「ああ……」

「町奉行所には届けたのかな」

「そりゃあもう。だけど御番所の役人なんぞ、おきよ坊が殺されでもしねえ限り、何もしちゃあくれねえ」

老亭主は、涙と悔しさを滲《にじ》ませた。

「邪魔するぜ」

大工箱を担いだ二人の大工が、威勢良く入って来た。

「おう。いらっしゃい」

老亭主は、慌てて滲む涙を拭《ぬぐ》ってその場を離れた。

「やるんですかい」

音吉は、己の猪口に酒を満たしながら左門を一瞥した。

「松田藩が絡んでいれば、いい金になる」

左門は不敵に言い放った。

「そりゃあそうですが……」

音吉は躊躇《ためら》いを見せた。

「ま。とりあえず下屋敷を調べてみる」

左門は手酌で酒を飲み干した。

常陸国松田藩五万四千石、藩主は譜代の稲葉重永《いなばしげなが》だ。

松田藩は愛宕下《あたごした》大名小路に上屋敷、築地に中屋敷、そして深川小名木川に下屋敷があった。上屋敷は、藩主一族と重臣たちが暮らし、対外的に藩を代表する本邸である。中屋敷や下屋敷は、別荘的な意味合いが強く、数人の藩士が留守居として派遣されている。

「それで今、下屋敷には留守番の藩士しかいないのか」

「いや、重政《しげまさ》って殿さまの弟が、国元から出て来て暮らしているそうだ」

御数寄屋坊主の大河内道春は、松田藩御用達の商人から聞き込んだ事を告げた。

「殿さまの弟か……」

左門は眉をひそめた。

「ああ。世継はまだ八歳の子供。殿さまが万一の時には、ようやく出番があるって野郎だ」

道春は嘲りを浮かべた。

「後二年もして世継が元服すりゃあ、用済みの御役御免。虚しい役目だな」

左門は苦笑した。

「所詮、困った時の為の飼い殺しだ」

「家中の者にしてみれば、重政の名前が出てこないのに越した事はないか」

「ああ。出てきた時はお家の一大事だ」

道春は笑った。

小名木川の傍にある松田藩江戸下屋敷には、藩主の弟である稲葉重政が数人の家来と暮らしていた。

「重政が若い娘の行方知れずと関わりがありそうなのか」

道春は身を乗り出した。

「そいつはこれからだ」

「そうか。関わりがあれば大儲けが出来るな」

道春は、坊主頭を光らせて嬉しそうに笑った。

「ああ。私は松田藩の関わりと、行方知れずになった若い娘がどうなったかを調べる。道春、お前は重政がどんな質《たち》の奴か引き続き調べてくれ」

「おう。任せておけ」

道春は引き受けた。

左門は、道春がとぐろを巻いている神田川和泉橋の袂の小料理屋『葉月《はげつ》』を後にした。

昼下がりの浅草寺の境内《けいだい》は参拝客で賑《にぎ》わっていた。

左門は茶店で茶を啜り、行き交う人々を眺めていた。

いた……。

左門は、茶店を出て行き交う人々の流れに入った。そして、粋ななりをした若い娘を追った。

若い娘は、供を従えた中年の旗本の後を即《つ》かず離れず追っていた。

中年の旗本は、供を待たせて拝殿に向かった。刹那、若い娘が、中年の旗本と肩を触れ合わんばかりに擦れ違った。若い娘の右手の指が素早く動いた。

「ごめんなさい」

若い娘は、中年の旗本に詫びて本堂の裏手に廻った。そして、袂から掏《す》り盗った中年の旗本の財布を取り出した。その時、若い娘の前に左門が立ち塞がった。若い娘は、慌てて財布を隠しながら左門の顔を見上げた。

「相変わらず、良い腕だな。お蝶《ちょう》」

左門は笑った。

お蝶は身を翻そうとした。だが、左門の手がお蝶の腕を素早く摑《つか》んだ。

「離しな」

お蝶は抗《あらが》った。

「そうはいかない」

左門は、女掏摸《おんなすり》のお蝶を境内から広小路に連れ出した。そして、広小路にある甘味処にお蝶を連れ込んだ。

甘味処は女子供で賑わっていた。

左門は、お蝶と片隅に座って汁粉を頼んだ。

「お蝶、お前は何にする」

「酒だよ。酒」

お蝶は不貞腐《ふてくさ》れた。

「じゃあ甘酒だ」

左門は店の小女《こおんな》に注文した。

「役人に突き出さないのかい」

「ああ……」

左門は頷いた。

「本当だね……」

お蝶は左門を睨《にら》みつけた。

「心配するな」

左門は苦笑した。

「じゃあ、何か用でもあるのかい」

お蝶は緊張を解き、吐息を洩らした。

その昔、お蝶は左門の懐を狙って捕えられた。左門は、女掏摸お蝶の腕と武士を狙う度胸の良さに感心した。

お蝶は、死んだ母親に掏摸の技を仕込まれた。

厳しい世の中、女が一人で生きていけるように……。

お蝶は、母親の期待に応えた。だが何故か、お蝶の技も左門には通用しなかった。

左門は、お蝶を町奉行所の役人に引き渡さなかった。理由は、お蝶が町方の者の懐を狙わず、金を持っていそうな旗本や勤番侍だけを獲物にしていたからだった。

武士の財布を狙って失敗すれば命はない。

お蝶はその厳しさを知りながらも、武士の財布だけを狙い続けていた。

「なぜ、武士の懐だけを狙う」

左門は尋ねた。

「おっ母さん、旗本の懐を狙って捕まってさんざん玩具《おもちゃ》にされてさ。それで出来ちまった子供が私なんだよ。だから私は、侍しか狙わないんだよ」

武士である父親への恨み……。

それは、見知らぬ父親と繋《つな》がる唯一の手立てなのかもしれない。

左門は、お蝶の淋しさと覚悟を知った。

お蝶は甘酒を啜った。

左門は汁粉を食べた。

甘味処には客が賑やかに出入りした。

左門は汁粉を食べ終え、お蝶は甘酒を飲み干した。

「用がなけりゃあ、私は帰るよ」

「お蝶、お前の腕と度胸を買って頼みがある」

「頼み。何ですか……」

お蝶は戸惑った。

「囮《おとり》になって貰いたい」

「囮……」

お蝶は眉をひそめた。

「ああ……」

左門は頷き、小名木川沿いで若い娘が行方知れずになる事を話して聞かせた。

話を聞いていたお蝶の顔が、次第に厳しくなっていった。

「じゃあ、その松田藩って大名のところの奴らが、若い娘を勾《かど》かしているってのかい」

「いや。まだそうと決まった訳じゃあない」

「でも、そうかもしれないんでしょう」

「うむ……」

「で、私が小名木川沿いを行ったり来たりして、どうなるか見物する魂胆かい」

「ま、そういう事だ」

左門は苦笑した。

「でもさ。それでもし、睨みどおりだったらどうするのさ」

「その時はな……」

左門は、周囲を見廻して身を乗り出した。お蝶も釣られたように前屈みになった。

「口止め料をいただいて裏仕置にする」

左門は囁いた。

お蝶は、驚いたように息を飲んで眼を丸くした。

「口止め料をいただくって、大名に強請《ゆす》りを掛けるのかい」

お蝶は囁いた。

「ま。そんなところだ」

左門は笑った。

「面白そうだね」

お蝶は眼を輝かせた。

「どうだ。やってくれるか……」

「そりゃあ、やってもいいけど……」

お蝶は、迷い躊躇《ためら》った。

「いざという時には、何としてでも助ける」

左門は約束した。

「でも、旦那と私だけじゃあ……」

「安心しろお蝶。私には腕の立つ仲間がいる」

左門は微笑んだ。その優しげな微笑には、奥深い凄味が秘められている。

「仲間……」

お蝶は困惑した。

評定所の下っ端役人と聞いていた左門に裏の顔があったのだ。お蝶は戸惑い、困惑せずにはいられなかった。

片隅に陣取った若い娘客たちが、何が面白いのか賑やかな笑い声を店に響かせた。

二

深川海辺大工町《うみべだいくちょう》は、船大工が多く暮らしていたところから付けられた名である。

船大工の作造の家は小名木川沿いにあった。

作造は二年前に卒中で倒れ、船大工の仕事はすでに止めており、一人娘のおきよの介護を受けて暮らしていた。

音吉は、荒れ果てた作業場に眉をひそめて作造の家の戸を叩いた。

作造は、不自由な身体を粗末な布団に起こして音吉を迎えた。

音吉は、行方知れずになったおきよについて訊きたいと告げた。

作造は、おきよの名を聞いた途端に泣き出した。

「作造さん。おきよちゃんが行方知れずになった時の事を教えてくれませんかい」

作造は涙を拭い、不自由な口で懸命に説明をし始めた。

「お、おきよは、あの日、上大島町に住んでいる知り合いの家で法事があり、手伝いに行って……」

おきよは、小名木川の上流にある深川上大島町の知り合いの家の法事の手伝いに行き、その帰り道に行方知れずになった。

海辺大工町から上大島町までは、小名木川沿いに遠くはない。そして、その間に横川の流れが横切り、大小様々な大名家の下屋敷が甍《いらか》を連ねている。

おきよはその何処かで消えた。

「お願いだ。親分さん、どうか、どうか、おきよを助けてやって下せえ」

作造は音吉を岡っ引と思い込み、不自由な手を合わせて頭を下げた。

音吉は、上大島町の知り合いの名と処を訊き、作造の家を出た。

小名木川には荷船が行き交っていた。

音吉は、無性に腹が立った。

それは、おきよが行方知れずになった理不尽さと、作造への微《かす》かな苛立ちがあった。

音吉は、小名木川の南側の道を進んだ。北側には、御三卿田安家を始めとした大名家の下屋敷が川に接していた。

武家屋敷に挟まれた道は静けさに包まれ、小名木川の流れの音だけが響いていた。

音吉は、辺りの様子を窺いながら上大島町に向かった。

道は横川に出た。

おきよが訪れた知り合いの家のある上大島町は、小名木川の北側の道沿いにある。

音吉は、小名木川に架かる新高橋と横川に架かる猿江橋を渡り、北側の道に出て上大島町に進んだ。大名家の下屋敷と町場が入り込み、五本松や松田藩江戸下屋敷を過ぎて上大島町になった。

音吉は、松田藩江戸下屋敷を窺った。

松田藩江戸下屋敷は表門を閉じ、静まり返っていた。

今のところ、不審を感じさせるものはない……。

音吉は上大島町に入り、おきよが法事の手伝いに訪れた箱屋『箱正』を探した。

箱屋は、銭を入れておく銭箱、道具などを入れる長持《ながもち》、文箱《ふばこ》、米櫃《こめびつ》、料理を入れる切溜《きりだめ》などを作る店だ。

箱屋『箱正』の店先では、職人たちが様々な箱を作っていた。

音吉は、『箱正』の主の正助《しようすけ》を訪ね、作造に頼まれておきよを探していると告げた。

「おきよ、可哀想にどうしちまったのか……」

正助は眉根を寄せ、おきよの身を案じた。

「あっしが法事の手伝いに来て貰ったばかりに。気の毒な事になりました」

「それで親方。その日、おきよちゃん変わった様子はありませんでしたかい」

音吉は尋ねた。

「それが、いろいろと忙しくて……」

正助は、女房や女中も呼んでおきよの様子を振り返った。

だが、正助を始めとし、女房や女中は首を捻《ひね》るばかりだった。

おきよには、取り立てて変わった様子はなかった。

音吉はそう思った。そして、それはおきよの身に不意に何かが起こった事を意味した。

音吉の脳裏に、松田藩江戸下屋敷の閉じられた表門が蘇った。


常陸国松田藩五万四千石稲葉但馬守《たじまのかみ》重永は、江戸城帝鑑《ていかん》の間《ま》詰であった。

松田藩近習頭《きんじゆがしら》山崎新九郎《やまざきしんくろう》は、大名の供侍の詰所である蘇鉄《そてつ》の間《ま》にいた。

「松田藩御近習頭の山崎新九郎さまにございますか」

御数寄屋坊主の道春が背後から尋ねた。

「左様にございますが……」

山崎は、戸惑いながら頷いた。

「こちらに……」

道春は、山崎を廊下に促した。御数寄屋坊主に呼ばれる覚えはない。

殿の身に変事が起こったのか……。

山崎は、緊張した面持ちで道春に続いた。

「山崎さま、これはさる御方が気に留めていらっしゃるのですが、但馬守さまの御舎弟重政さまは、ご壮健にございますか」

「は、はい……」

御数寄屋坊主の話は、意外にも藩主の弟重政に関してだった。

山崎は、拍子抜けをした思いで頷いた。

「左様にございますか、ならば病も……」

道春は鎌を掛けた。

「はい。持病も治まり……」

「持病……」

道春は眉をひそめた。

「いえ。それはもう……」

山崎は僅かに狼狽《ろうばい》した。

「持病とは何でございます」

道春は畳み掛けた。

「重政さまは持病も治まり、今は下屋敷で文武に励んでおりまして……」

山崎は、慌てて取り繕おうとした。

「山崎さま、ご懸念には及びませぬ。これはさる御方が御心配されての事。江戸家老やお留守居役さまには勿論、但馬守さまにも他言はご無用との仰せ……」

道春は言葉を労し、詳しく聞き出そうとした。

「はい」

さる御方とは誰なのか……。

山崎は困惑した。

その時、玄関先の廊下からざわめきが起き、居合わせた者たちが平伏した。

道春は窺った。

熨斗目狩衣《のしめかりぎぬ》を纏《まと》った白髪の老人が、御数寄屋頭に案内されて来た。

中野碩翁《なかのせきおう》……。

道春は、素早くその場に平伏した。山崎が慌てて続いた。

中野碩翁は、悠然と辺りを睥睨《へいげい》してやって来た。

道春は、平伏しながら通り過ぎる中野碩翁を盗み見た。

中野碩翁の細い眼が、道春を鋭く一瞥した。

威圧感が一気に押し寄せた。

道春は慌てて平伏した。

中野碩翁は、御数寄屋頭と共に上様御座の間に向かって行った。

中野碩翁は、十一代将軍家斉《いえなり》の側近として長く仕えた。そして、養女・お美代《みよ》を家斉に側室として差し出した。

家斉は、お美代を気に入って寵愛した。以来、中野碩翁は隠居の身でありながら、上様の愛妾・お美代の方の養父として隠然たる権勢を誇った。

道春は小さな吐息を洩らした。背筋に冷や汗が流れるのを感じた。

未《ひつじ》の刻八つ（午後二時）が告げられ、老中や若年寄が下城する〝八つ下り〟の時になった。それは、大名たちにとっても下城の時である。

山崎に聞き込むのはこれまでだ。

道春は諦めた。

「それでは山崎さま、ご造作をおかけ致しました。くれぐれも他言はご無用に……」

道春は口止めをし、足早にその場から立ち去った。

「心得ましてございます」

山崎は不安げに見守った。


小料理屋『葉月』の暖簾は夜風に揺れていた。

「持病か……」

左門は眉をひそめた。

「もっとも殿さまの近習頭は治ったと云っているが、どうだかな」

道春は、手酌で酒を飲んだ。

「聞き出せたのはそのぐらいか……」

「ああ。丁度、中野碩翁が登城してきてな。話は途中になっちまった」

道春は苦笑し、酒を飲んだ。

「中野碩翁か……」

「養女を上様の側室に差し出し、やりたい放題。羨ましい爺《じじ》いだぜ」

道春は、唇を酒で濡らした。

「とにかく重政の持病が何か、突き止めるんだな」

「ああ。分かっている」

道春は頷いた。

「ところで音吉、何か分かったたか」

左門は、黙って酒を飲んでいる音吉に話を振った。

「船大工の作造の娘のおきよは、上大島町の箱屋に法事の手伝いに行き、身体の不自由な父親に晩飯を食べさせる為、酉《とり》の刻六つ半に料理を持って海辺大工町の家に戻る途中、行方知れずになった」

音吉は淡々と告げた。

「その途中に五本松があり、松田藩の下屋敷があるか……」

左門は、深川小名木川一帯の切絵図を思い浮かべた。

「ああ……」

「音吉。おきよの父っつぁん、身体が不自由なのか」

道春は眉をひそめた。

「二年前、卒中で倒れたそうだ」

音吉は、怒りを滲ませて酒を呷《あお》った。

「同じ爺いでも、碩翁とは天と地。随分と違うもんだぜ」

道春は、嘲《あざけ》りを浮かべて吐き棄てた。

「で、左門の旦那、これからどうしやす」

音吉は、暗い眼を左門に向けた。

「やる気になったか」

左門は小さく笑った。

音吉は、暗い眼を隠すように酒を呷った。

「左門の旦那、紳一郎さんがお見えですよ」

襖の外から女将のお仙の声がした。

「おう。入ってくれ」

襖を開けて加納紳一郎が髭面《ひげづら》を出した。

「やあ、皆さんお揃いで。お仙さん、酒と何か腹に溜まるものを下さい」

「はい、はい」

お仙は苦笑し、襖を閉めて立ち去った。

紳一郎は、薄汚れた袴から埃を立てて座敷の隅に座った。

「で、左門さん、仕事ってのは何ですか」

「若い女の警護をして貰いたい」

「お安いご用です」

紳一郎は、煮物の椀の蓋に酒を満たし、喉を鳴らして飲み干した。

神道無念流の剣客加納紳一郎は、町道場の雇われ師範代を生業《なりわい》にして暮らしている。そして、左門の裏仕置に加わり、分け前として貰う金を酒と食い物に使い果たしていた。

「左門の旦那。若い女ってのは、何なんです」

道春は眉をひそめた。

夜風が鳴った。


夕暮れ時。

小名木川の流れは、夕陽を浴びて赤く煌《きら》めいていた。

川沿いの道には行き交う人も減り、大名家下屋敷の連なりは静かに暮れていく。

町娘は、風呂敷包みを抱えて小名木川沿いの道を上大島町に向かっていた。

風呂敷包みを抱えた町娘はお蝶だった。

お蝶は辺りを油断なく窺い、夕暮れの中を慎重に進んだ。

大名家下屋敷の連なる道に人影もなく、甍が夕陽に赤く煌めいていた。

お蝶は、沈む夕陽を背中に受け、影を長く伸ばして歩いた。

沈む夕陽が消え始め、逢魔が時の青黒さが辺りを覆い始めた。

お蝶は、小名木川に架かる新高橋を渡った。そして、横川に架かる猿江橋に上がった時、笠を被った二人連れの侍と擦れ違った。

お蝶は、横川を渡って猿江町に入った。猿江町には町場の賑わいが僅かに残っている。

猿江町を抜けると、再び大名家の下屋敷が甍を連ね、五本松があり、松田藩江戸下屋敷があった。

松田藩江戸下屋敷……。

お蝶は、頬を強張《こわば》らせ微かに喉を鳴らした。

夜の帳《とばり》が辺りを包み始めた。

行く手に五本松が見えた。そして、五本松の間に人影が過《よぎ》った。

お蝶は背後を窺った。

笠を被った二人の侍が、いつの間にか後ろから足早にやって来ていた。

お蝶は緊張した。

二人の笠を被った侍は、猿江橋の上で擦れ違った者たちだ。

お蝶は先を急いだ。

五本松の陰から、やはり笠を被った侍が現れた。

囲まれた……。

お蝶は立ち竦《すく》んだ。

笠を被った三人の侍は、小走りに間を詰めて来た。

畜生……。

お蝶は、懸命に己を奮い立たせた。

笠を被った三人の侍は、お蝶を捕《つか》まえようとした。

お蝶は、素早く身を躱《かわ》した。

「何だい。あんたたち」

「黙れ」

三人の侍は、お蝶を捕《とら》えて引き立てようとした。

「離せ。馬鹿野郎」

お蝶は、風呂敷包みを振り廻して激しく抗った。

「おのれ……」

侍の一人が刀を抜いた。

お蝶は怯《ひる》んだ。

刹那、薄汚い手拭《てぬぐい》で頬被りをした紳一郎が現れ、刀を抜いた侍を蹴り飛ばした。蹴飛ばされた侍は、傍らの土塀に激しく叩きつけられて倒れた。

二人の侍たちは、慌てて刀を抜いて身構えた。

紳一郎は、お蝶を後ろ手に庇《かば》い、二人の侍と対峙した。

「やるか……」

紳一郎は刀を抜いた。

刀は昇ったばかりの月の光を浴び、蒼白く輝いた。

お蝶は、息を凝らして事態を見守った。

紳一郎と二人の侍の腕の差は歴然としている。

「お前さんたち、何処《どこ》の家中の侍だい」

紳一郎は薄笑いを浮かべた。

二人の侍は、倒れている侍を慌てて助け起こして逃げた。

紳一郎は、苦笑して刀を納めた。

「怪我はないか」

「ええ。それより、あいつらが何処に逃げ込むか突き止めなきゃあ」

お蝶は、逃げた三人の侍を追い掛けようとした。

「大丈夫だ、お蝶。左門さんに抜かりはない」

紳一郎は笑った。

三人の侍は、松田藩江戸下屋敷に逃げ込んだ。

左門と音吉は、暗がりで見届けた。

「やっぱり、松田藩の野郎どもの仕業か……」

音吉は、怒りを込めた眼差しで下屋敷を睨みつけた。

「ああ……」

左門は、嘲りを浮かべ頷いた。

若い娘たちを勾かしているのは、やはり松田藩江戸下屋敷の者たちだった。

後は確かな証拠を握り、松田藩から大金を強請り取る……。

左門は、これから始める裏仕置に思いを馳せた。

月は蒼白く輝き、夜は始まったばかりだった。


小料理屋『葉月』は、常連の隠居や職人の親方たちが静かに酒を楽しんでいた。

「お待たせ致しました」

お仙は、老板前の辰次が腕を揮《ふる》った豆腐と野菜の煮染《にしめ》を隠居たちに運んだ。

「こいつは美味そうだ」

「そりゃあもう。ささ、どうぞ……」

お仙は、隠居たちに酌をした。

「邪魔をするよ」

左門が入って来た。

「いらっしゃいませ。どうぞ……」

お仙は奥の座敷を目顔で示した。

左門は頷き、奥の座敷に向かった。


火鉢の上では泥鰌《どじょう》鍋が湯気をあげていた。

紳一郎は、泥鰌鍋を肴に茶碗酒を飲んでいた。そして、道春とお蝶は、静かに猪口で酒を飲んでいた。

「お蝶、怪我はなかったか」

「お蔭さまで……」

お蝶は、左門に猪口を渡して酒を注いだ。

「かたじけない」

「手応えのねえ奴らでしたよ」

紳一郎は笑った。

左門は苦笑し、酒を飲み干した。

「で、どうだった」

道春は、左門の猪口に酒を満たした。

「うむ。睨みどおりだ」

「そうか……」

道春は手酌で酒を飲んだ。

「それで、音吉が奴らの動きを見張り始めた」

「よし。後は勾かした若い娘たちをどうしたのかだな」

「うむ。あの下屋敷に閉じ込められているのか、それとも……」

左門は眉をひそめ、言葉を濁した。

「殺されているか……」

お蝶は淡々と言い放ち、猪口の酒を飲み干した。

左門と道春は、思わず顔を見合わせて酒を飲んだ。そして、紳一郎は泥鰌鍋を食べながら茶碗酒を飲み続けた。

「旦那、こいつは私を捕まえようとした奴の財布ですよ」

お蝶は、男物の財布を放り出した。

「掏《す》ったのか」

左門は苦笑した。

「女を玩具にする男は、許しちゃあおけないからね」

お蝶は、手酌で酒を飲んだ。

左門は財布を調べた。二分程の金に一枚の書付が入っていた。書付には、『松田藩江戸詰藩士桜井《さくらい》俊之助《しゅんのすけ》』と書き記されていた。

「桜井俊之助か……」

「あいつの名前かな」

「きっとな。よし、こいつで桜井を締め上げてやる」

左門は冷たく笑った。

三

松田藩江戸下屋敷は静寂に覆われていた。

下屋敷の前には小名木川が流れ、その向こうには雑木林があった。音吉は、その雑木林に潜み、小名木川越しに下屋敷を見張っていた。

お蝶の拉致に失敗して以来、下屋敷の者たちに動きはなかった。

動け……。

音吉は苛立った。だが、下屋敷の者が動く気配は窺えなかった。

一刻が過ぎた頃、左門がやって来た。

「どうだ……」

「ぴくりとも動かねえ」

音吉は、腹立たしげに吐き棄てた。

「じゃあ、こいつで呼び出そう」

左門は桜井俊之助の財布を見せ、お蝶が掏り盗った事を教えた。

「只の囮《おとり》じゃあねえか……」

音吉は、嬉しげに笑った。


松田藩江戸下屋敷の潜り戸が開き、桜井俊之助が出て来た。

桜井俊之助は、紳一郎に蹴飛ばされて無様に倒れた侍だった。

「桜井さまですか……」

音吉が腰を屈めて尋ねた。

「左様だが、おぬしが私の財布を拾ってくれたのか」

桜井は、安心したように尋ねた。

「いえ。桜井さまのお財布を拾った方は、妙な騒ぎになって桜井さまのご迷惑になったら申し訳ないと仰《おつしや》いまして、裏の妙興寺の境内でお待ちにございます」

妙興寺は下屋敷の裏手にある。

音吉は桜井を促した。

「そうか。造作を掛けるな」

桜井は、音吉と一緒に妙興寺に急いだ。


妙興寺は、公儀の猿江御材木蔵の傍にあった。材木蔵といっても貯蔵池であり、数多くの材木が水に浮かんでいた。

音吉は、妙興寺の境内を抜けて材木の貯蔵池の畔に桜井を案内した。そこには、左門が待っていた。

「やあ……」

左門は笑顔で迎えた。

「ご貴殿ですか、拙者の財布を拾って下さったのは」

「ええ。松田藩江戸詰の桜井俊之助さんですか」

「はい。ご造作をお掛けしました」

「いいえ。この財布に間違いありませんな」

左門は、財布を出して見せた。

「はい」

桜井は、嬉しげに頷いた。

「という事は、昨夜、二人の同輩と五本松で若い娘を勾かそうとした……」

左門は嘲笑を浮かべた。

桜井は凍てついた。

音吉は、桜井が逃げられないように背後を塞いだ。

貯蔵池に小波《さざなみ》が走った。

「そうだな」

「お、おぬし……」

桜井の声が上擦り、掠《かす》れた。

「お前たちは、今までにも小名木川沿いの道を通った若い娘を三人、勾かした……」

「ち、違う」

桜井は刀を抜こうとした。

刹那、左門の平手打ちが桜井の頬に放たれた。鋭い音が短く鳴った。桜井は倒れそうになる身体を必死に保った。左門は素早く踏み込み、桜井を押さえて刀の柄頭を封じた。剣の腕は違い過ぎた。

「どうしても違うと云うなら、昨夜、お前たちが襲った娘にこの財布を持たせ、大目付の許に駆け込ませるまでだ」

大目付は、大名の監察を役目としている。

左門は、冷たく脅した。

「そ、そんな……」

桜井は震え、戦意を失った。

「なんなら、お前さんを一緒に突き出してもいいんだぜ」

「私は、私は……」

桜井は項垂《うなだ》れ、その場に膝から崩れた。それは、若い娘たちの勾かしを認めた事でもあった。

「そいつは、重政の命令だな」

左門は、桜井を冷たく見据えた。

桜井は、今にも泣き出さんばかりの面持ちで僅かに頷いた。

「桜井、重政の持病とは何だ……」

「そ、それは……」

桜井は、驚いたように左門を見上げた。

「桜井、素直に答えなければ、若い娘の勾かしのすべて、お前さんの仕業になる。それでもいいんだな」

左門は笑った。

「酒乱だ」

桜井は、何もかも吐き出すような吐息を洩《も》らした。

「酒乱……」

左門は眉をひそめた。

「近頃、酒を飲んでは血迷ったように暴れ出して……」

「酒毒に侵されたか……」

「それを鎮める為には、若い娘を与えるしかなかった」

若い娘たちは、重政の酒乱を鎮める為に勾かされた。

「人身御供か、酷い話だな……」

左門は吐き棄てた。

「桜井、おきよはどうした」

音吉は、暗く沈んだ声で尋ねた。

「おきよ……」

桜井は戸惑った。

「ああ、お前たちが勾かした船大工の娘だ」

「娘たちは……」

桜井は言葉を失った。

「どうした。云いな……」

音吉は怒りを押さえ、桜井の喉元に背後から折り畳みの鎌の刃を当てた。

桜井は、恐怖に喉を鳴らした。

左門は音吉を窺った。

「おきよはどうした……」

音吉に怒りや昂《たかぶ》りは窺えなかった。

「し、死んだ」

桜井は震え、額に脂汗を滲ませた。

「死んだ……」

聞き返した音吉の脳裏に、作造の哀しげにやつれた顔が過った。

「ああ。重政さまの手討ちに遭って……」

桜井の額の脂汗が流れた。

おきよは抗い、逃げ出そうとして重政に斬り殺されたのだ。

「そうか……」

おきよの死は予測していた事だ。

音吉は、桜井の喉元から鎌の刃を静かに離した。

桜井は、支えを失ったように大きく項垂《うなだ》れた。

左門は吐息を洩らした。

睨んでいたとおりだとはいえ、怒りを覚えずにはいられなかった。

「死体はどうした」

「下屋敷の土蔵の裏に埋めた」

「勾かした他の娘たちも同じか」

桜井は、俯《うつむ》いたまま頷いた。

おきよたち勾かされた三人の若い娘は、重政に斬り殺され、土蔵の裏に埋められている。若い娘たちが行方知れずになった事件の真相は分かった。だが、左門たちの仕事はこれからだ。

「下屋敷に詰めている人数は……」

「重政さまの家来が二人。上屋敷から来ている我らが三人。そして、料理人や下男たちが五人……」

下屋敷には、侍が五人と奉公人が五人の都合十人いる。

「よし。この事は他言無用。洩らした時は身の破滅と覚悟しろ」

桜井には、ただ頷くしか出来る事はなかった。

材木の貯蔵池には蜻蛉《とんぼ》が遊び、尻尾で水面《みなも》に波紋を広げた。波紋は次々と広がっていった。

行燈《あんどん》の灯りは淡く浮かんでいた。

「重政の悪行、御公儀に知られたくなければ、金二百五十両を出せと、松田藩の江戸上屋敷に脅し文を投げ込むのですか」

紳一郎は身を乗り出した。

「紳一郎、そんな真似をしてみろ。松田藩の殿さまと重臣どもは、あっという間に重政に詰腹を切らせ、公儀に病死と届けて一件落着。俺たちの脅しも終わりになる」

道春は苦笑した。

「成る程。重政がいなければ、脅しにもなりませんね」

紳一郎は感心した。

「所詮、力を持っている奴には敵わねえ……」

音吉は、鼻先でせせら笑った。

「今更、冗談じゃあないよ。どうすんのさ、左門の旦那……」

お蝶は苛立った。

「心配するな、お蝶。今度はこっちが勾かすまでだ」

左門は、冷たい笑みを浮かべた。

行燈の灯りが小刻みに揺れた。

真夜中の小名木川に櫓の軋《きし》みが静かに響いた。

屋根船は、白い障子を月明かりに輝かせて進んだ。

松田藩江戸下屋敷は静けさに沈んでいた。

裏塀の上に人影が現れ、裏庭の繁みに飛び降りた。繁みに潜んだ人影は左門だった。左門は辺りを窺い、塀の上に合図をした。紳一郎が降りて来た。

左門と紳一郎は、繁み伝いに重政のいる奥座敷に向かった。

奥座敷では、藩主・重永の弟・重政が家来の小野寺と木村を相手に酒を飲んでいた。

「おのれ」

重政は酔いに濁った眼を据え、盃を畳に叩きつけた。盃が弾み、酒が辺りに飛び散った。

「重政さま、夜も更けました。今宵はそろそろ」

「黙れ、小野寺」

「ははっ」

小野寺と木村は平伏した。重政はすでに泥酔している。

「女だ。若い女を連れて来い」

重政はいきり立ち、刀を手に取って抜き払った。

「お、お許し下さい、重政さま」

小野寺と木村は慌てた。

「女だ。女を呼べ」

重政は、よろめきながら刀を振り廻した。

小野寺と木村は慌てて躱した。

重政は、障子を蹴破って濡縁に出た。

「重政さま」

小野寺と木村は、重政を必死になだめようとした。だが、重政が泥酔から醒めるはずはなかった。重政は、濡縁から庭先に転げ落ちた。

「重政さま……」

小野寺と木村は、重政を助け起こそうと慌てて庭先に降りた。

「下がれ、無礼者」

重政は刀を横薙《よこな》ぎに払った。

小野寺が腕から血を振り撒いて倒れた。

「小野寺。桜井、みんな、出会え」

木村は、小野寺を助け起こして引き下がった。

「おのれ。わしは身代わりだけが役目の役立たずではない」

重政は悔しげに叫んだ。

「皆でわしを侮《あなど》り、蔑《ないがし》ろにしおって……。わしは稲葉重政だ」

重政は刀を振り廻し、庭の奥によろめきながら入った。

左門と紳一郎は、庭の植え込みの陰から見守っていた。

「哀れな奴だ」

紳一郎は眉をひそめた。

左門は、苦笑して重政を追った。紳一郎が続いた。

重政は、裏庭で苛立ちをぶつけるように立ち木に斬りつけていた。

左門は重政に忍び寄り、その首筋に背後から手刀を打ち込んだ。重政は気を失い、呆気《あっけ》なく崩れ落ちた。

木村や桜井たちの重政を探す声が、奥座敷の方から聞こえてきた。

「紳一郎」

「心得た」

紳一郎は、気を失っている重政を担ぎ上げた。左門は素早く塀に上り、紳一郎の担いだ重政の襟首を摑んで引きずり上げた。

重政を探す声は次第に近づいていた。

屋根船は五本松の岸辺を離れ、音もなく中川に向かった。

音吉は櫓を操りながら、下屋敷に飛び交い始めた重政を探す声を聞いていた。

屋根船の障子の内には、左門と紳一郎、そして気を失っている重政が乗っていた。

屋根船は横十間堀に出た。

音吉は、小名木川から横十間堀に屋根船を入れ、埋立地である八右衛門新田に進んだ。

八右衛門新田の緑は、月明かりに淡く輝いていた。


常陸国松田藩江戸上屋敷は、愛宕下の大名小路にあった。

早朝、門番が表門を開けた時、石畳の上に一通の書状が置かれていた。門番は、怪訝《けげん》な面持ちで書状を取り上げ、江戸家老の杉下采女正《すぎしたうねめのしょう》の許に届けた。

起きたばかりの杉下は、眉をひそめて書状を開いた。そして、書状を読み下して顔色を変えた。

書状には、重政の悪行が書き連ねられ、四百両を出さなければ公儀に報《しら》せると記されていた。重政の悪行が事実だった時、公儀に知れれば松田藩の改易《かいえき》と藩主の切腹は免れない。

脅し文……。

杉下は、目付頭の大野庄左衛門《おおのしょうざえもん》を呼んだ。

大野は、怪訝な面持ちで杉下の用部屋にやってきた。杉下は、大野に脅し文を見せた。

「こ、これは……」

大野は愕然《がくぜん》とし、言葉を失った。

「うむ。我ら松田藩に対する強請《ゆす》りだ」

「強請り……」

「大野、すぐに下屋敷に参り、事の次第を確かめろ。そして、脅し文が事実なら、遠慮は無用、その場で重政さまを斬れ」

重政を亡き者とし、公儀に病死と届けて脅し文に書かれている事を闇の彼方に葬る。松田藩江戸家老の杉下采女正が、一刻も早く取るべき手立てはそれしかない。それは、藩の監察を役目とする目付頭の大野とて同じなのだ。

「御家老……」

主筋の重政を斬るのは、家臣の大野にとって不忠の極みだ。

「大野、それが松田藩や殿、そして我ら藩士を救う唯一の手立てなのだ」

「心得ました」

大野は覚悟を決め、杉下の用部屋を出ようとした。

「申し上げます」

取次の藩士が廊下に現れた。

「どうした」

杉下は苛立ちを見せた。

「下屋敷詰の桜井どのが火急の報せがあると、お目通りを願っております」

「通せ」

杉下は思わず怒鳴った。重政の行状が脅し文に書かれているとおりならば、側に仕えていた桜井たち家来にも責めはある。

桜井俊之助が廊下に平伏した。

「申せ」

大野が命じた。

「はっ。御舎弟重政さま、お屋敷から行方知れずになりましてございます」

「なんだと……」

事態は、すでに杉下と大野の思っている以上に進んでいたのだ。

杉下は茫然《ぼうぜん》とした。

「桜井、重政さま行方知れず、仔細《しさい》を申してみよ」

大野は苛立った。

「は、はい……」

桜井は、昨夜遅く重政が、泥酔して暴れている内に居なくなった事を報せた。

「昨夜より、重政さま家来の小野寺と木村、そして我らが探し続けておりますが、今のところ、何処にも……」

桜井は項垂れた。

「御家老……」

杉下は我に返った。

「大野、配下の者どもを率いて下屋敷に赴き、何としてでも重政さまを探し出せ」

「ははっ」

大野は用部屋を出て行った。

「ならば拙者も……」

桜井が、大野に続こうとした。

「待て、桜井」

杉下は、厳しい声音で桜井を呼び止めた。

「はっ……」

桜井は戸惑いを浮かべた。

「これを読んでみろ」

桜井は、杉下に渡された脅し文を読み、次第に顔色を変えていった。

重政の悪行は事実……。

杉下は、桜井の様子からそう判断した。

桜井は、読み終えた脅し文を見つめ、小刻みに震えていた。

「桜井、書かれている事は事実なのか」

杉下は、一縷《いちる》の望みを抱いて念を押した。

桜井は、言葉もなく項垂れた。

杉下は思わず眼を瞑《つむ》った。

「申し訳ございません」

桜井は平伏した。

「桜井、重政さまはこの脅し文を書いた者の手に落ちている」

「御家老……」

桜井の頬が引きつった。

「何者の仕業か心当たりはないのか……」

「心当たり……」

笠を被った侍と町方の男の顔が、桜井の脳裏を過った。だが、二人の名前は勿論、何処の誰かも分からない。

「そうだ。心当たりだ」

「ございませぬ」

桜井は項垂れた。

「ないか。して桜井。重政さまの行状、何故だ」

「それが……」

桜井は言葉を濁した。

「構わぬ。申してみよ」

「はっ。自分は身代わりだけが役目ではない。侮られ、蔑ろにされる謂れはないと」

「おのれ、身の程をわきまえぬ愚か者が……」

所詮は、殿に万一の事があった時にしか用のない人物。それも、間もなく若殿が元服すれば用済みなのだ。

その重政が……。

杉下は重政を憎んだ。

四

松田藩江戸下屋敷は緊張に包まれていた。

目付頭の大野庄左衛門は、小名木川一帯に配下の目付を走らせて重政を探させた。だが、重政の行方は分からなかった。

泥酔していた重政が、己の意志で下屋敷を出たとは考えられない。

やはり、何者かに拉致されたとみるべきなのだ。だが、その事実を公儀に届ける訳にはいかない。届け出れば、重政の行状が露見して松田藩は窮地に陥る。

おのれ……。

脅し文を寄越《よこ》した者どもは、自分たちの出方を読んで先手を打ち、重政を連れ去った。

大野は、重政を連れ去った者どもの狡知《こうち》に長《た》けたやり方に歯ぎしりをした。

崩れ掛けた百姓家は、八右衛門新田の茂みに埋もれるようにしてあった。

重政は手足を縛られ、猿轡《さるぐつわ》を噛まされて腐り掛けた床の上に転がされていた。

気が付いた時、重政は己が陥っている事態が飲み込めなかった。頭の中には、二日酔いの頭痛だけが溢れていた。

何がどうなっているのだ……。

重政は、昨夜の事を何も覚えてはいなかった。

「へえ、こいつが私を勾かそうとした奴らの親玉かい」

お蝶は、重政を厳しく睨んで吐き棄てた。

「ああ……」

紳一郎は、お蝶の持って来た酒を飲み、料理を食べていた。

「この外道野郎」

お蝶は怒りを込めて、重政の頬を平手打ちにした。

乾いた音が響き渡った。

重政は驚き怯えた。

紳一郎は苦笑した。


四百両をどうやって無事に受け取るか……。

左門は、四百両を受け取る手立てを考え、書状に書き記した。そして、書状を愛宕下大名小路の松田藩江戸上屋敷の門前に密かに置いた。

「御家老……」

目付頭の大野庄左衛門は、愛宕下の上屋敷に戻って来た。

「重政さまは……」

杉下は、大野に厳しい眼差しを向けた。

「それが皆目……」

大野は、悔しげに首を横に振った。

「引き続き配下の者どもが探しておりますが、何分にも表立って動く訳にもいかず……」

大野は、動きが町奉行所に洩れ、公儀に知れるのを恐れた。

「それで、重政さまを連れ去り、強請りを掛けてきた者の正体、分かったのか」

「いいえ……」

「そうか……」

「それで、殿には……」

大野は眉をひそめた。

「うむ。良きに計らえとの仰《おお》せだ」

藩主・稲葉重永は、弟・重政の命を躊躇いもなく家臣に委《ゆだ》ねた。

「そうですか……」

大野は、重永の重政への冷酷さと怒りを知った。

「で、如何《いかが》致しますか」

「最早、四百両、渡すしかあるまい」

「はい……」

大野は頷いた。

「そして、その時が勝負だ」

杉下は思いを巡らせた。

受け渡しの場所に藩士の手練《てだれ》を潜ませ、四百両を取りに来た強請者を押し包んで始末する。そして、藩を窮地に陥れた重政を、強請者の仕業に見せ掛けて殺す。

用済みの者は、早々に始末する……。

杉下は、冷たく言い放った。

「大野、松田藩と殿、そして我ら家臣を護るにはそれしかないのだ」

「御家老……」

「大野、いざとなれば腹を切るまでだ」

杉下は覚悟を決めていた。大野に言葉はなかった。

「御家老……」

取次の藩士がやってきた。

「なんだ……」

「書状が表門の前に……」

取次の藩士は書状を差し出した。

「来たか」

杉下は、もどかしい手つきで書状を開いて読んだ。

大野は、息を詰めて杉下の読み終わるのを待った。杉下は、読み終わった書状を大野に渡した。

「近習頭の山崎新九郎を呼べ」

杉下は、震える声で取次の藩士に命じた。

書状を読み終わった大野の顔は、厳しさに満ち溢れていた。

「御家老……」

「うむ。四百両、城中に持って来いとは……」

杉下は、意外さに戸惑いを浮かべていた。

『近習頭に持たせて供侍の詰所である蘇鉄の間に運び、下城の時に置いていけ……』

四百両の受け渡し場所は、江戸城内蘇鉄の間だった。

大野は、思いも寄らぬ場所での四百両受け渡しに震えた。

「金を城中で渡せとは……」

江戸城内に手練の藩士を潜ませるのは不可能だ。

「敵は城内にいる……」

「うむ。おそらく、城中のお役目に就いている者……」

杉下は苦しげに呻いた。

「となると、下手な企ては命取りになるやも知れませぬ」

大野は震えた。

「大野、最早これまでやも知れぬ……」

杉下は、力なく庭先を見つめた。

風が庭から吹き抜け、杉下の鬢の白髪を不安げに揺らした。

松田藩近習頭・山崎新九郎は、主の稲葉重永を譜代大名の詰所である帝鑑の間に見送り、十六個の切り餅を入れた木箱を持って蘇鉄の間の隅に座った。

後は木箱を残して退出すればいい……。

山崎は、杉下に聞かされた事実に激しい衝撃を受けた。だが、城内で金を取りに来た者を取り押さえたり、騒ぎ立てる事も出来ないのだ。

四百両を黙って渡すしかない……。

山崎は、蘇鉄の間の片隅に座り、傍らに四百両の入った木箱を置いて静かに眼を瞑った。

時はゆっくりと流れた。

松田藩江戸下屋敷は表門を閉じていた。

手拭で頰被りをした百姓が訪れ、結び文を桜井俊之助に渡すよう、下男に頼んだ。百姓は音吉だった。

結び文には、重政の字で八右衛門新田の崩れ掛けた百姓家に閉じ込められていると書かれていた。

目付たちは、頭の大野の指示ですでに上屋敷に引き揚げていた。

桜井は小野寺や木村たちと相談し、重政の救出に向かった。重政を自分たちで救出しない限り、松田藩での立場はない。

八右衛門新田の田畑に風が吹き抜けた。

桜井たち三人と小野寺や木村は、入り組んだ掘割を船で進んだ。

崩れ掛けた百姓家が行く手の繁みの中に見えた。

「来ましたぜ」

音吉は、百姓家にいる左門と紳一郎に伝えた。

「来たか……」

左門は冷笑を浮かべ、縛り上げた重政の猿轡を外した。

「おのれ、無礼者」

重政は、怒りに任せて怒鳴った。

左門たちは、重政を残して姿を消した。

「誰か。助けてくれ、誰か」

重政は大声で喚《わめ》き散らした。その声は桜井たちに届いた。

「重政さま……」

桜井たち三人の藩士と重政の家来である小野寺と木村が、重政のいる崩れ掛けた百姓家に入って来た。

「おお、小野寺、木村、助けろ。早く助けろ」

重政は、苛立たしげに怒鳴った。

小野寺と木村は、重政の許に駆け寄って縄を解いた。

「よく来たな」

左門が、笠を目深《まぶか》に被って現れた。

「おぬし……」

桜井たちは身構えた。

「罪のない娘たちを勾かし、弄《もてあそ》んだ挙句に殺した悪行《あくぎょう》、命で償って貰おう。覚悟しな」

左門は、重政たちに迫った。

「斬れ。そやつを斬り棄てい」

重政は、甲高い声で叫んだ。

木村は刀を抜き、猛然と左門に突進した。

左門は、抜き打ちの一刀を放った。木村は胸元から血を振り撒き、板壁に弾き飛ばされた。板壁が崩れ、土埃が舞い上がった。桜井と小野寺たちは、刀を抜いて身構えた。

「斬れ。殺せ。殺せ」

重政は、桜井や小野寺たちの背後に隠れて喚《わめ》いた。

「何処までも汚い野郎だな……」

左門は嘲笑した。

「まったくですね」

紳一郎が背後に現れた。

重政は思わず悲鳴をあげた。小野寺が慌てて紳一郎に斬り付けた。

紳一郎は躱しもせず、無造作に刀を斬り下ろした。小野寺は真っ向から斬り下げられ、血を噴き上げて倒れた。

桜井は、湧きあがる恐怖を打ち払うような雄叫びをあげて左門に斬り掛かった。

左門は鋭い一刀を閃かせた。桜井は首の血脈を刎《は》ね斬られ、噴き出す血の勢いに身体を回転させて崩れ落ちた。そして、紳一郎が残る二人の藩士を斬った。

重政は恐れ慄《おのの》き、崩れ掛けた百姓家から逃げ出した。刹那、音吉が重政の前を横手から飛び抜けた。

音吉の手が煌めいた。

重政は、茫然《ぼうぜん》とした面持ちで凍てついた。次の瞬間、重政の斬り裂かれた喉が笛のような甲高い音を鳴らした。

音吉の鎌の刃先から血が滴り落ちた。

重政は、埋立地の泥の中に沈んだ。

八右衛門新田に血の臭いが漂った。


大名の下城の刻限になった。

待っていた供侍たちは、退出してくる主を迎えて下城し始めた。

山崎新九郎は、帝鑑の間から下がってきた重永に従って玄関に向かった。

蘇鉄の間には金箱が残されていた。

御数寄屋坊主の道春が駆け寄り、金箱を抱え上げた。十六個の切り餅、四百両の入った金箱はずっしりと重かった。

「これは、松田藩御家中の方のお忘れ物。もし、松田藩御家中の方……」

道春は金箱を抱え、山崎を追って退出時の忙しさの中に消えた。


松田藩の四百両は江戸城内に消え、重政が戻らないまま桜井たちも行方知れずになった。

江戸家老の杉下采女正は、重政たちの死を覚悟した。

松田藩は、藩主の弟・重政が病死したと公儀に届け出た。

騒ぎ立てず、何もかも闇の彼方に葬り去る……。

松田藩にとってそれが最善の道なのだ。

杉下は、深々と溜息を洩らした。

分け前は切り餅二個の五十両……。

左門は、道春、音吉、紳一郎、お蝶に五十両ずつ渡した。

「一人、五十両……」

道春は眉をひそめた。

「ああ……」

「残りの百五十両はどうするんだ」

「そいつは、殺されたおきよたち三人の娘の供養料として、作造たち娘の親に密かに渡す」

「なんだと……」

道春は慌てた。

「分かった。そいつはあっしがやりやしょう」

音吉は道春を遮った。

「私も手伝うよ」

お蝶が、六個の切り餅をさっさと風呂敷に包み始めた。

「音吉、お蝶……」

道春は、風呂敷に包まれる切り餅を未練げに見つめた。

「欲が深いんだな、道春さん。いいじゃありませんか、五十両もあれば」

紳一郎は、呆れたように笑って酒を飲んだ。

「う、うん……」

道春は、不服げに頷いて酒を呷った。

左門は苦笑した。

評定所が取り上げなかった事件の裏仕置は終わった。

第三話　強請者《ゆすりもの》

一

取り上げられなかった投書の中に、旗本である宮田小五郎《みやたこごろう》の悪行《あくぎょう》を告発したものがあった。

宮田小五郎の悪行とは、大店《おおだな》や料亭に因縁を付けて強請《ゆす》りたかりを働いているので捕えて欲しいというものだった。

投書には差出人の名や居所は書き記されており、書式は整っていた。だが、取り上げられる事はなかった。その理由は、告発の内容が取るに足らないものと判断されたからに他ならなかった。

柊左門は、直参旗本や御家人の武鑑《ぶかん》を開いた。

宮田小五郎は、五十俵取りの小普請組《こぶしんぐみ》であり、本所北割下水に住んでいた。そして、訴状の差出人は、浅草花川戸の料亭『花清』の主の清兵衛《せいべえ》だった。

料亭花清か……。

花川戸の『花清』は、常に料理番付の上位に書かれている名のある料亭だ。

五十俵取りの御家人と名のある料亭……。

宮田小五郎が客として行く店とは思えないが、強請りたかりをする獲物としては頷ける。

だが、評定所に訴状を入れる程となると、強請りたかりは一度ではないはずだ。

名のある料亭が何度も強請られた……。

左門は戸惑った。しかし、だからこそ料亭『花清』の主の清兵衛は、目安箱に訴状を入れたのだ。

何故だ……。

左門の戸惑いは、次第に疑問に変わっていった。

辰ノ口の評定所を出た左門は、浅草花川戸に向かった。

外濠から日本橋北、両国を抜けて神田川に架かる浅草御門を渡り、蔵前通りを浅草に向かった。

浅草花川戸町は、金龍山浅草寺の雷門と隅田川の間にある。そして、料亭『花清』は、吾妻橋の袂に暖簾を掲げていた。

左門は、古い蕎麦屋に入って窓辺に座り、斜向《はすむ》かいにある料亭『花清』を眺めた。

黒塀を廻した料亭『花清』には、まだ日が高いにもかかわらず客を乗せた町駕籠が出入りしていた。

「花清、随分と繁盛しているんだね」

左門は、酒を飲みながら蕎麦屋の親父に話し掛けた。

「そりゃあもう、昼も夜も客で一杯ですよ」

親父は、歯のない口元を歪《ゆが》めて笑った。

「料理、そんなに美味いのかな」

「さあ、あっしのような貧乏人には分からねえ味ですので……」

「そうか……」

「おまちどうさま」

親父が盛り蕎麦を持って来た。

「おう。こいつは美味そうだ」

左門は蕎麦を啜った。

「ところで父っつぁん。花清に因縁を付けて強請りを掛けている奴がいると聞いたんだが、知っているかい」

「花清が強請られる……」

親父は眉をひそめた。

「ああ」

「へえ、そんな話があるのかい」

親父は首を捻《ひね》った。

「知らないのか」

「お侍さん、花清の清兵衛旦那は、因縁を付けられるようなお人じゃあねえよ」

「ほう……」

「因縁を付けられて強請られるような人かどうか、お侍さんも一目見ればすぐ分かりますよ」

親父は鼻先で笑った。

「そいつは、ぜひお目に掛かりたいもんだ」

左門は笑い、蕎麦を啜って酒を飲んだ。

四半刻（三十分）が過ぎた。

左門は、蕎麦を食べ終わり、酒を飲みながら料亭『花清』を見守った。『花清』から小柄で優しげな五十歳程の旦那が出て来た。

「お侍さん、あの人が清兵衛旦那ですよ」

蕎麦屋の親父が示した。

「清兵衛か……」

清兵衛は、見送りに出て来た女と番頭に何事かを告げていた。

「見送っているのは女将《おかみ》と番頭か……」

「ええ。おきぬさんと喜多八《きたはち》だよ」

清兵衛は、おきぬと喜多八に見送られて出掛けていった。

「父っつぁん、邪魔をしたな」

左門は、酒と蕎麦代を置いて古い蕎麦屋を後にした。

隅田川は西日に照らされていた。

清兵衛は、隅田川に架かる吾妻橋に向かっていた。腰を僅かに屈め、擦れ違う人ににこやかに挨拶をしながら足早に進んだ。

愛想の良い律儀な商人……。

「花清の清兵衛旦那は、因縁を付けられるようなお人じゃあねえよ」

父っつぁんの云うとおりか……。

左門は苦笑した。だが、その清兵衛が、強請られていると目安箱に訴状を入れたのだ。

裏に何かがある……。

左門の直感が囁《ささや》いた。

清兵衛は、吾妻橋の袂の立場《たてば》で辻駕籠に乗った。清兵衛を乗せた辻駕籠は、浅草広小路の人込みに向かった。

左門は辻駕籠を見送り、隅田川に架かる吾妻橋にあがった。


吾妻橋は長さが七十六間あり、本所に続いている。

左門は、西日を背中に受けて吾妻橋を渡った。

日暮れは近い。

左門は、隅田川沿いの道を深川に急いだ。そして、船手奉行・向井《むかい》将監《しょうげん》の屋敷の角を東に曲がった。そして、尚も進んで荒井町を抜けると北割下水に出た。

北割下水は長さ百五十三間あり、三つの石橋が架かっている。そして、その左右には小役人や下級御家人の組屋敷が軒を連ねていた。

左門は北割下水沿いを進み、古い板塀に囲まれた組屋敷の前に立った。そこが、五十俵取りの御家人宮田小五郎の屋敷だった。

左門は、木戸門から屋敷を窺った。

狭い前庭は綺麗に掃除がされており、屋敷は古いながらも手入れがされていた。そして、薄暮《はくぼ》に包まれた屋敷の窓には仄《ほの》かな明かりが灯っていた。

左門は微かに戸惑った。

屋敷の様子を見た限り、宮田小五郎は大店や料亭に因縁を付けて強請りを働く御家人には思えなかった。

「何か御用ですかな」

左門は振り返った。

着流しの若い侍が、風呂敷包みを背負っていた。

「いえ。ちょいと知り合いの屋敷を探しておりまして……」

左門は咄嗟《とっさ》に誤魔化《ごまか》した。

「ほう。なんという方の屋敷ですか」

「えっ。ああ、大久保庄左衛門と申される方の屋敷です」

左門は出鱈目《でたらめ》の名を告げた。

「大久保さんですか……」

若い侍は、思い出すように首を捻った。

「ええ。あっ、申し遅れたが、私は柊左門と申します」

「私は宮田小五郎。この家の主ですが、大久保庄左衛門さんと申される方の屋敷、この辺りにはありませんよ」

宮田小五郎は、気の毒そうに眉をひそめた。

「そうですか、この辺りにはありませんか」

残念そうな言葉とは裏腹に、左門は少なからず安堵した。

「いや。ご無礼しました」

「いいえ。じゃあ……」

小五郎は、風呂敷包みを背負って木戸門を潜《くぐ》って屋敷の玄関に向かった。

「おかよ、今戻った」

小五郎が屋敷内に声を掛けた。

若い女の明るい返事が聞こえた。

左門は、身を潜《ひそ》めて屋敷を窺った。

おかよと呼ばれた若い女が、奥から出て来て小五郎を迎えた。

「お帰りなさいませ。如何でした品物の出来は……」

「うん。旦那や番頭が上出来だと誉めてくれてな。給金をあげてくれた上に次の仕事もくれた」

小五郎は嬉しげに告げた。

おそらく背負っていた風呂敷包みには、内職に関わる物が入っているのだ。

「それはようございました。ささ、お風呂が沸いておりますよ」

「うん」

小五郎は、風呂敷包みを持って屋敷内に入っていった。おかよが刀を袂で持って続いた。

それは、貧しくても平穏な暮らし振りを窺わせた。

左門には、宮田小五郎が強請りを働くような男には見えなかった。

強請られる者と強請る者……。

愛想の良い律儀な商人と貧しくても平穏に暮らしている御家人……。

左門は、目安箱に入れられた訴状の内容が素直に頷けなかった。

『花清』の清兵衛と宮田小五郎のどちらかが、仮面を被っているのかもしれない。

いずれにしろ訴状には裏がある……。

左門はそう睨《にら》んだ。

本所北割下水と深川六間堀《ろっけんぼり》は近い。

左門は、夜道を六間堀沿いにある北六間堀町に向かった。

銀杏長屋の音吉の家には明かりが仄《ほの》かに灯っていた。

音吉は、滅多に賭場《とば》に行かない博奕《ばくち》打ちだった。

左門は、音吉の家の腰高障子を叩いた。

「音吉、柊左門だ」

家の中で人の動く気配がし、音吉が腰高障子を開けた。

「どうぞ」

左門は素早く家の中に入った。

「邪魔をするよ」

音吉は、鯨《くじら》の骨で作っていた賽子《さいころ》と道具を布に包んで仕舞った。

「賽子か……」

「ええ。物好きなご隠居さんに頼まれましてね。で、どうしました」

音吉は、湯呑茶碗に酒を注いで左門に差し出した。

「うん。こいつを読んでみろ」

左門は、懐から訴状を出して音吉に渡した。

「打ち棄てられた訴状ですかい」

「ああ……」

左門は酒を飲んだ。

音吉の家の中は、一人暮らしとは思えないほど綺麗に片付けられていた。

「御家人の強請りですか……」

音吉は、訴状を読み終えた。

「ああ……」

「よくある話ですね」

音吉は酒を啜り、左門に冷めた眼を向けた。

「それで、ちょいと調べてみたんだが……」

左門は、料亭『花清』の清兵衛と御家人の宮田小五郎について話した。

「じゃあ、宮田小五郎は強請りを働きながら内職もしているってんですか」

音吉は眉をひそめた。

「うむ。強請りで金を稼いでいれば、内職などしないと思うがな」

「妙ですね」

音吉の眼が微かに輝いた。

「音吉もそう思うか」

「ええ。それに目安箱に訴状を入れた花清の清兵衛も気になりますね」

「どうだ。調べてみるか……」

左門は、間髪《かんはつ》を容《い》れずに誘った。

「いいですよ」

音吉は頷いた。そして、左門の誘いを躱《かわ》せなかった自分を笑ってみせた。

「よし、決まった」

左門は満足げに頷き、湯呑茶碗の酒を飲み干した。


本所北割下水の武家屋敷街には、行商人の売り声が長閑《のどか》に響いていた。

音吉は、宮田屋敷の斜向かいの路地に潜んで見張りを始めた。

宮田屋敷からは、金槌《かなづち》で地金を叩く小さな音が聞こえていた。

小五郎が内職をする音なのか……。

音吉は、金槌で地金を叩く仕事を思い浮かべた。そして、鍛金を思いついた。

鍛金とは、銀の地金を木槌や金槌で叩いて絞り、急須や香炉、ぐい飲み、銘々皿などを作る仕事である。

小五郎は、鍛金を内職にしているのかもしれない……。

午《うま》の刻九つ（正午）の鐘の音が、近くの寺から鳴り響いた。

金槌で地金を叩く音が止んだ。そして、四半刻後に小五郎が玄関に現れた。

「じゃあ、行って来る」

小五郎は、見送りに出て来たおかよに声を掛けた。

「お気をつけて……」

「うむ……」

小五郎は刀を腰に差し、おかよに笑顔を残して出掛けた。

音吉は尾行を開始した。

小五郎は隅田川沿いの道に出て、吾妻橋に向かった。

花川戸の料亭『花清』に行くのか……。

音吉は充分に間合いを取り、吾妻橋を渡る小五郎を追った。

隅田川を吹き抜ける風は心地良かった。

花川戸町は吾妻橋の西詰にある。

吾妻橋を下りた小五郎は、花川戸町にある料亭『花清』に向かった。

音吉は追った。

小五郎は、料亭『花清』の斜向かいの路地に潜んで見張りを始めた。

音吉は、清兵衛の動きを見張っているはずの左門を辺りに探した。だが、左門の姿は見えなかった。

出掛けた清兵衛を尾行していったのか……。

音吉は、路地に潜む小五郎を見つめた。

「兄い……」

蕎麦屋の親父が、背後から音吉に声を掛けてきた。

「何だい、父っつぁん」

音吉は、蕎麦屋の親父に怪訝な眼差しを向けた。

「お侍がうちの店で待っているぜ」

親父は古い蕎麦屋を示した。

左門は、古い蕎麦屋から料亭『花清』を見張っていた。

古い蕎麦屋から料亭『花清』は見えるが、小五郎の潜む斜向かいの路地は見えなかった。

「宮田小五郎が、清兵衛を見張るか……」

左門は思いを巡らせた。

「ここからじゃあ、宮田小五郎の姿は見えませんね」

音吉は眉をひそめた。

「なあに、宮田小五郎が動く時は、清兵衛が出掛ける時だろう」

清兵衛を見張っていれば、小五郎の動きも分かる。

左門はそう睨んでいた。

料亭『花清』は、昼飯時の客で賑《にぎ》わっていた。

半刻が過ぎた頃、清兵衛が出掛ける仕度をして店から出て来た。

「旦那……」

「ああ……」

左門は、蕎麦屋の親父に酒と蕎麦代を払った。

清兵衛は、女将のおきぬに見送られて吾妻橋に向かった。

音吉は、古い蕎麦屋から小五郎を窺った。

小五郎は、斜向かいの路地から現れ、清兵衛を追った。

「行きますぜ」

音吉は古い蕎麦屋から出ようとした。

「待て……」

左門は、厳しい声で音吉を止めた。

音吉は戸惑いを浮かべた。

料亭『花清』の裏口から三人の浪人が現れ、清兵衛を尾行する小五郎を追った。

音吉は眉をひそめた。

「清兵衛、宮田小五郎の見張りに気付き、誘《おび》き出したってところだな」

左門は苦笑した。

「ええ……」

「父っつぁん、邪魔したな」

左門は、音吉と共に三人の浪人を追った。

行く手に三人の浪人、宮田小五郎、そして清兵衛が行く。

左門と音吉は追った。

二

浅草広小路は、浅草寺に参拝する人々で賑わっていた。

清兵衛は、広小路を抜けて寺の連なる往来に入った。

「このまま行くと下谷、上野寛永寺の傍に出ますぜ」

音吉は眉をひそめた。

「うん……」

左門は、厳しい面持ちで頷いた。

清兵衛は新堀川に架かる小橋を渡り、海禅寺の前を通って北に折れた。行く手に緑の田畑と雑木林が見えた。

「旦那、こいつは……」

音吉の浪人たちを見つめる眼が険しくなった。

「ああ……」

道は次第に田舎道になり、擦れ違う人もいなくなった。

刹那、三人の浪人たちが走り出した。同時に左門と音吉も駆け出した。

小五郎は、雑木林の中で清兵衛と三人の浪人に囲まれていた。

左門と音吉は、木陰に潜んで見守った。

「宮田さま、遊びはもうお仕舞にしましょうや」

清兵衛は苦笑した。その顔には、愛想の良い律儀さの欠片《かけら》もなく、別人のような冷徹さに溢れていた。

「ならば清兵衛。秀峰堂の旦那の出した金を早々に返し、人を誑《たぶら》かすのはもう止めるんだな」

小五郎は、清兵衛を厳しく見据えた。

「宮田さま、私は金儲けの口利きをしているだけ、金をつぎ込むかどうかはそれぞれの勝手。金を儲けるか損をするかは、運否天賦《うんぷてんぷ》の博奕と同じ。それを損をしたからといって騙されたとは。口を利いた手前より、欲を出した自分を恨むのですね」

清兵衛は嘲りを浮かべた。

次の瞬間、一人の浪人が猛然と小五郎に斬り掛かった。

小五郎は、素早く刀を抜いて浪人の刀を打ち払った。火花が散り、浪人は枯葉の中に弾き飛ばされた。二人の浪人が続いた。小五郎は迎え撃ち、鋭く斬り結んだ。

「旦那……」

音吉は、心配げな眼を左門に向けた。

「大丈夫だ、音吉。宮田小五郎はかなりの使い手だよ」

左門は笑った。

小五郎は、三人の浪人を相手に激しく斬り合った。

清兵衛は後退《あとずさ》りし、田舎道を足早に入谷に向かった。

「清兵衛の野郎」

音吉が清兵衛に気付いた。

「私が追う。此処を頼む」

「承知」

左門は、木陰伝いに清兵衛を追った。

小五郎は、一人の浪人の刀を持つ腕を斬った。浪人は斬られた腕を握り締め、悲鳴をあげて転げ廻った。残った二人の浪人は怯《ひる》んだ。

「まだ、やるか……」

小五郎は、切っ先から血の滴《したた》る刀を構えた。

二人の浪人は、腕を斬られた浪人を助け起こして逃げた。

小五郎は見送り、刀に拭いを掛けて鞘に納めて清兵衛を追った。

音吉が慎重に尾行した。

田畑の間の田舎道は、鬼子母神《きしぼじん》で名高い真源院《しんげんいん》の傍に続いている。

清兵衛は、鬼子母神の脇を抜け、東叡山寛永寺の横手にある車坂町《くるまざかまち》の往来に出た。そして、清兵衛は寛永寺の正面に急いだ。

左門は追った。

正面に出た清兵衛は、下谷広小路の賑わいを抜けて湯島天神裏門坂道に入った。

何処に行く気だ……。

左門は慎重に尾行した。

清兵衛は、湯島天神裏門坂道から明神下の通りに入った。明神下の通りの東側には大名の江戸上屋敷が並び、西側には旗本屋敷が並んでいた。清兵衛は一軒の旗本屋敷の前に立ち、辺りを警戒して潜り戸を小さく叩いた。やがて潜り戸が開き、清兵衛は旗本屋敷に入った。

左門は見届けた。

誰の屋敷なのか……。

左門は辺りを見廻した。

棒手振《ぼてふり》の魚屋が、隣の屋敷の裏路地から出て来た。

左門は呼び止め、駆け寄った。

魚屋は戸惑いを浮かべた。

「つかぬ事を尋ねるが、隣の屋敷は大河内さまのお屋敷だったかな」

左門は、御数寄屋坊主の道春の苗字を出した。

「いいえ。お隣は溝口《みぞぐち》さまのお屋敷ですよ」

「溝口さま……」

左門は眉をひそめた。

「ええ。溝口左京亮《さきょうのすけ》さまですよ」

「溝口左京亮さまか。ならば、この辺に大河内道春と申される方のお屋敷はないかな」

「さあ、あっしは存じませんが……」

「そうか。いや、造作を掛けたな」

「いいえ。じゃあご免なすって……」

棒手振の魚屋は、巧みに天秤棒を操って駆け去った。

溝口左京亮……。

二千石取りの旗本の溝口左京亮は、十六人いる目付衆の一人であり、左門も評定所で何度か顔を合わせた事がある。

左門は、清兵衛が入った溝口屋敷を見上げた。溝口屋敷の長屋門は固く閉ざされ、静まり返っていた。


奥座敷には庭からの微風《そよかぜ》が吹き抜けていた。

溝口左京亮は、清兵衛の話を聞き終えて眉根を寄せた。

「ならば、宮田小五郎の始末、失敗したと申すか」

「はい。おそらく……」

清兵衛は項垂《うなだ》れた。

「おのれ……」

「目安箱に入れた手前の訴状を取り上げてくれてさえいたら……」

清兵衛は、悔しさに顔を歪《ゆが》ませた。

「清兵衛、目安箱に望みを抱くのは愚かな所業だ」

溝口は嘲笑った。

「それに、仮に訴状が取り上げられていたら、逆に我らの所業が明らかになり、命取りになっていたやもしれぬ」

溝口は、清兵衛を厳しく見据えた。

「畏《おそ》れ入ります」

清兵衛は身を竦《すく》めた。

「よし。清兵衛、最早猶予はならぬ。宮田小五郎は儂が始末する」

溝口は冷たく云い放った。

「ははっ」

清兵衛は平伏した。


下谷広小路は夕暮れ時を迎えていた。

小五郎は、人込みを見つめて吐息を洩《も》らした。

清兵衛はやはりいない……。

小五郎は、入谷鬼子母神や車坂町に清兵衛を探しながら下谷広小路にやって来た。だが、清兵衛はどこにもいなかった。

小五郎は、人込みの片隅に佇むしかなかった。

音吉は見守っていた。

下谷練塀小路《したやねりべいこうじ》に夜風が吹き抜け、柊屋敷の古い木戸門は軋《きし》みを鳴らした。

「宮田小五郎は、それから北割下水の屋敷に戻ったのか」

「ええ。で、清兵衛は……」

音吉は、左門を見つめたまま酒を飲んだ。

「明神下の溝口左京亮の屋敷に行き、それから花川戸に帰った」

左門は、手酌で酒を飲んだ。

「溝口左京亮……」

「うん。公儀の目付だ」

「目付……」

音吉は、眉をひそめて猪口《ちょこ》を置いた。

「ああ……」

左門は、猪口の酒を飲み干した。

音吉は、左門の猪口に酒を注ぎ、手酌で飲んだ。

「花清の清兵衛は、儲け話で人から金を出させている。そして、損をした者もいる」

「そいつを宮田小五郎さんは、清兵衛の誑《たぶら》かしだと思っている」

「だから、秀峰堂の旦那が損をした金を返せか……」

「その辺は、清兵衛が目安箱に入れた訴状のとおりなのかもしれません」

「因縁を付けての強請りたかりか……」

「ええ。清兵衛の云うとおり、金儲けなんて運否天賦ですからね。でも、そいつを返せと云うからには、それなりの訳があるんでしょうね」

「うむ、最初から騙すのが狙いで金を集めているとしたならな」

左門は思いを巡らせた。

「どうします」

「先ずは儲け話がどんなものか突き止める」

「どうやって……」

「金と女に目のない御数寄屋坊主に働いて貰うさ」

左門は笑った。

「そいつはいい。あっしは騙された秀峰堂の旦那ってのを探してみます」

「じゃあ、私は清兵衛と溝口左京亮の関わりを詳しく調べてみるよ」

「承知しました。じゃあ、ご免なすって……」

音吉は猪口を置き、足音も立てずに帰っていった。

音無しの音吉……。

左門は苦笑した。

古い木戸門の軋む音が微かに聞こえた。

隅田川は日差しに煌《きら》めいていた。

蔵前通りから来た町駕籠は、浅草広小路を横切って花川戸町に入った。

花川戸町には料亭『花清』の暖簾が揺れていた。

町駕籠は、揺れる暖簾を潜って板塀内に入り、『花清』の表に着いた。

「着きましたぜ」

駕籠舁が町駕籠の垂《たれ》を開けた。

町駕籠から御数寄屋坊主の道春が降り立った。

「おいでなさいませ」

番頭の喜多八が迎えに現れた。

「使いの者が来たはずだが、大河内道春だ」

「はい。お待ち申しておりました。どうぞ」

道春は、もっともらしい顔をして喜多八に続いて『花清』に入った。

料亭『花清』の座敷には、隅田川からの風が吹き抜けていた。

道春は、盃を傾けて料理を楽しんだ。料理は手の込んだものが多かった。

女将のおきぬが挨拶にやって来た。

「いらっしゃいませ。花清の女将のきぬにございます。この度はご贔屓《ひいき》下さいましてありがとうございます」

「おお。女将か。大河内道春だ。花清の料理、噂に違わぬ美味さだな」

「それはそれは、お誉めいただきまして。ささ、おひとつどうぞ」

「うむ……」

道春は、おきぬを相手に酒を飲んだ。

「さあ、女将もやってくれ」

道春は、おきぬに猪口を渡して酒を注いだ。

「いただきます」

おきぬは酒を飲み干した。

「女将さん……」

仲居が新しい酒や料理を持って来た。

「おお、そなたも飲め」

道春は仲居にも酒を勧めた。

「そのような」

仲居は女将を窺った。

「なあに、構わぬ。なあ、女将」

道春は、先手を打つように笑い掛けた。

「えっ。ええ……」

おきぬは苦笑いした。

「さあ、女将のお許しが出た」

道春は、仲居に盃を渡して酒を満たした。

「いただきます」

仲居は、勢いよく酒を飲み干した。

「見事、見事……」

道春は手を叩いて喜んだ。

時が過ぎるにつれ、道春は仲居たちを次々に座敷に呼んだ。仲居たちは嬉々として集まり、道春は幇間紛《ほうかんまが》いに歌って踊り、座敷を賑やかに盛り上げた。

女将のおきぬは居間に戻った。

清兵衛が帳簿を検《あらた》めていた。

「随分、賑やかな客だな」

清兵衛は眉をひそめた。

「ええ。大河内道春って御数寄屋坊主ですよ」

おきぬは苦笑した。

「御数寄屋坊主……」

「ええ。きっとお城で甘い汁を吸っているんですよ」

御数寄屋坊主は、老中や若年寄など幕閣近くで働いており、様々な情報を手に入れる事が出来る。諸大名の江戸留守居役は、そうした情報を高く買うのだ。御数寄屋坊主たちは、情報を売って金儲けをしていた。

「羽振りがいいはずか……」

清兵衛は狡猾《こうかつ》な笑みを浮かべた。

「旦那さま……」

仲居がやってきた。

「なんだい」

「道春さまがお呼びにございます」

「道春さまが……」

清兵衛は眉をひそめた。


道春は仲居たちを帰し、静かに酒を飲んでいた。

「大河内さま……」

襖の外に清兵衛がやってきた。

「おお、主の清兵衛さんかい」

「は。お招きだと聞き、参上致しました」

「入ってくれ」

「ご無礼致します」

清兵衛が入ってきた。

「ご挨拶が遅くなって申し訳ございませぬ。花清の主清兵衛にございます」

「おう。大河内道春だよ」

「店の者たちがご馳走になりまして……」

「いやいや。それより清兵衛……」

道春は笑みを浮かべた。

「はい」

「金儲けの口利きをしているって云うじゃあねえか」

「えっ……」

清兵衛の眼に険《けわ》しさが過《よぎ》った。

道春は狡猾な笑みを浮かべ、懐から二個の切り餅を出した。

「大河内さま……」

清兵衛は僅かに狼狽した。

「そいつに、俺も一口乗せちゃあくれねえかい」

道春は、狡猾な笑みを浮かべた。

「大河内さま、何処でそのような……」

清兵衛は身構えた。

「清兵衛、惚《とぼ》けるんじゃあねえ。蛇《じゃ》の道は蛇《へび》ってやつだよ」

道春は、微笑みを浮かべて清兵衛を見据えた。

清兵衛は見返した。

沈黙が流れ、隅田川を行く船の櫓《ろ》の音が響いた。

「成る程、蛇の道は蛇でございますか」

清兵衛は吐息を洩らした。

「ああ。どうだ、俺にも一口乗せてくれるかい」

「分かりました。ならば、この金子《きんす》……」

清兵衛は、二個の切り餅に手を伸ばした。

道春は、清兵衛の手を遮った。

「大河内さま……」

清兵衛は眉をひそめた。

「清兵衛、この金、どんな金儲けにつぎ込むんだい。そいつだけ教えてくれ」

道春は笑った。

「米相場ですよ」

清兵衛は苦笑した。

「米相場か……」

「はい。金子を集めて米を買い占め、相場を吊り上げて売り抜ける。その差額は莫大な儲けになります」

清兵衛は嬉しげに笑った。

「その儲けを金を出した者たちで分けるのか」

「はい。手前と米の売り買いをしている者も僅かながらの手間賃をいただきますが」

「米相場は天気一つで大損もすると聞くが、大丈夫なのかい」

「そいつはご安心を。手前には、御公儀の重いお役目の方が後ろ盾に付いております」

「御公儀の重い役目の方ねえ」

道春は眉をひそめた。

「はい。ですから決してご損はさせません」

清兵衛は笑顔で頷いた。

「そうか。後ろ盾な……」

道春は頷き、二個の切り餅から手を引いた。

「では……」

清兵衛は、手を伸ばして二個の切り餅を摑《つか》んだ。

「それでは、手前は五十両の預り証文を書きますので、大河内さまは万一損をしても文句は一切ないという証文をお書き下さいませ」

「成る程、心得た」

道春は盃の酒を飲み干した。

隅田川の川風は、道春の酒に火照《ほて》った身体を醒ましてくれた。

日本橋数寄屋町にある銀屋『秀峰堂』は半年前に潰れていた。

音吉は、『秀峰堂』が宮田小五郎が内職にしている鍛金師と関わりがあると睨み、銀器を扱う銀屋を訪ね歩いた。そして、日本橋数寄屋町にある『秀峰堂』という銀屋に辿り着いた。

音吉は辺りに聞き込みを掛け、『秀峰堂』が潰れた理由を調べた。

『秀峰堂』の主・忠太郎は、傾き掛けた店を立て直そうと身代を米相場に賭けた。だが、米相場に敗れ、全身代《しんだい》を失って店は潰れた。その後、忠太郎は女房子供を連れ、夜逃げ同然に姿を消した。

宮田小五郎は、鍛金を通して『秀峰堂』忠太郎と関わりを持った。そして、忠太郎が手を出した米相場が、料亭『花清』の清兵衛の騙《かた》りだと知り、金の返済を求めた。

音吉は、一件のからくりをそう読んだ。だが、音吉の読みを証明する確かな証拠はなにもない。

銀屋『秀峰堂』の主・忠太郎に直に訊くしかない……。

音吉は、忠太郎とその家族の行方を追う事にした。

三

本所北割下水の宮田屋敷からは、金槌で地金を叩く音が聞こえていた。

一日中、小五郎は屋敷で内職に励んでいた。だが、金槌で地金を叩く音も、日が暮れると共に消えた。

小五郎は動くか……。

左門は、斜向かいの御家人屋敷の貸家を借り、見張っていた。貧乏御家人は、敷地内に貸家を作って貸し、家賃を暮らしの足しにしている者が多かった。左門は、そうした貸家の空いている処を借り、見張り場所にしていた。

武家屋敷に夜の静けさが満ち溢れた。

宮田家の前に人影が現れた。

左門は、燭台の灯りを吹き消し、窓から闇を透かし見た。

夜を待ちかねたように現れた人影は、羽織袴姿で覆面をしていた。

小五郎への刺客……。

左門は笠を目深《まぶか》に被り、刀を手にして借家を忍び出た。

刺客は三人……。

左門は、斜向かいの屋敷の暗がりに気配を消して潜んだ。

覆面の刺客たちは、宮田屋敷の古い木戸口を押し開けた。軋みが甲高く鳴った。

宮田屋敷内で人が動く気配がした。

刺客たちは、素早く前庭の暗がりに潜んだ。

宮田屋敷の玄関に小五郎が現れ、前庭の暗がりを鋭く透かし見た。

刹那《せつな》、暗がりに潜んでいた刺客が、小五郎に鋭く斬り掛かった。

小五郎は、咄嗟《とつさ》に抜き合わせた。

残る二人の刺客が、小五郎に激しく襲い掛かった。

小五郎は、身を投げ出して辛うじて躱《かわ》した。三人の刺客の攻撃は、息を合わせて絶え間なく続いた。小五郎は、板塀に追い詰められた。

三人の刺客は、言葉も気合も掛けず、黙ったまま激しく斬り掛かった。

小五郎は、手傷を負いながらも必死に闘った。

手燭を持ったおかよが、玄関先に現れて驚きの声を短くあげた。刺客の一人が、おかよに走った。

「逃げろ、おかよ」

小五郎は懸命に叫んだ。だが、刺客はおかよに襲い掛かった。おかよは、咄嗟に手燭を迫り来る刺客に投げ付けた。刺客は思わず怯んだ。おかよは、懐剣《かいけん》を抜いて構えた。

刺客の眼に苛立ちが浮かんだ。

刹那、笠を目深に被った左門が現れ、おかよに迫る刺客に刀を一閃《いっせん》させた。刺客は、肩から血を振り撒いて仰《の》け反《ぞ》った。

二人の刺客はうろたえた。

小五郎は猛然と反撃に出た。そして、左門も刺客に迫った。

左門に肩を斬られた刺客は、必死に立ち上がって表に逃れた。二人の刺客が助けるように続き、夜の闇に逃げた。

左門は、小五郎とおかよを一瞥《いちべつ》して刺客を追った。

小五郎は、肩で激しく息をついた。その腕から血が流れていた。

「あなた……」

おかよが驚き、小五郎に駆け寄った。

「血が……」

「心配ない。掠《かす》り傷だ」

小五郎はおかよを制止し、刺客たちと左門を見送った。

「あなた、覆面の者たちは……」

「おそらく清兵衛に頼まれた者どもだろう。それよりお助け下さった方だが……」

「どなたでございましょう」

おかよは眉をひそめた。

「何処かで逢ったような……」

小五郎は思いを巡らせた。


刺客たちは覆面を取り、大川沿いの道に出て両国橋に急いだ。

左門は、暗がり伝いに追った。

三人の刺客は両国橋を渡り、両国広小路から柳原通りを抜けた。そして、神田川に架かる昌平橋を渡って明神下の通りに進んだ。

溝口左京亮の屋敷に行く……。

左門は睨んだ。

三人の刺客は、左門の睨みどおり溝口屋敷に入った。

宮田小五郎への刺客は、目付の溝口左京亮が放った者たちだった。

左門は、清兵衛の背後にいる黒幕が溝口左京亮だと確信した。

小料理屋『葉月《はげつ》』の暖簾は夜風に揺れていた。

左門は猪口に酒を飲み干した。

「米相場か……」

「ああ。公儀の重い役目の者が、後ろ盾に付いているから心配はないと云って、金を集めている」

「公儀の重い役目の者ってのが、目付の溝口左京亮か……」

「きっとな。そして、米を買い占めて値を吊り上げ、売り抜ける」

道春は、羨ましげに酒を飲んだ。

「それで大儲けをしているが、金を出した者には渡さないか……」

「いいや、違う」

道春は、酒に濡れた口元に嘲りを浮かべた。

「違う……」

左門は眉をひそめた。

「俺の見たところじゃあ、清兵衛の野郎、米相場に手を出しちゃあいねえさ」

「どういう事だ」

左門は戸惑いを浮かべた。

「集めた金を米相場に注ぎ込んだと云いながら己の懐に入れ、金主には損をしたと報告して一銭も払わねえってからくりよ」

道春は吐き棄てた。

「金を出した者は、この証文を書かされている限り文句は云えない」

道春は、万一損をしても文句は一切云わないと書いた証文を見せた。

「成る程、汚い真似をしやがって……」

左門はせせら笑い、手酌で酒を飲んだ。

「さあて、元手の五十両を取り戻して上前《うわまえ》を撥《は》ねるには、どうするかだな」

「そいつなんだが、今までの話は何もかもこっちの当て推量。清兵衛が騙《かた》りを働いているという確かな証拠はない」

「確かな証拠か……」

「ああ。おそらく宮田小五郎も確かな証拠は摑《つか》んじゃあいない。だから、清兵衛を尾行《つけ》廻していている。違うかな」

「ああ。いずれにしろ花清の清兵衛だな」

道春が薄笑いを浮かべた。

「うむ……」

左門は思いを巡らせた。


幾つもの燭台の灯りは、壁一面に張られたギヤマンの向こうで泳ぐ様々な大きさの緋鯉や真鯉を照らしていた。

「米相場だと……」

白髪の老人は、泳ぎ廻る鯉を眺めながら盃の酒を飲み干した。

「はい。米相場を餌にして金子を集め、私腹を肥やしているものと存じます」

神尾主膳は、鯉を眺めて酒を飲む白髪の老人の背後に控え、その後ろ姿に告げた。

「そして、集めた金子を老中や若年寄に賄賂《わいろ》として渡し、立身出世を企てているか」

「おそらく左様かと……」

「愚か者が……」

白髪の老人は吐き棄てた。

「では、我ら見聞組が密かに始末し、集めた金子を……」

「焦るな神尾。獲物は充分に太らせてから片付けるものだ」

「ならば、目付の溝口左京亮、今少し泳がせますか」

「うむ。それがよかろう」

「承知致しました」

白髪の老人は、泳ぎ廻る鯉を眺めて手酌で酒を飲んだ。

鯉は幾つもの燭台の灯りを浴び、光と影になって泳ぎ廻っていた。


左門は笠を目深に被り、本所北割下水沿いの道を御家人屋敷の借家に向かっていた。

借家には、浪人の加納紳一郎を呼んであった。

左門は、溝口の放つ刺客が再び宮田小五郎を襲うのを恐れ、町道場で師範代稼業をしている加納紳一郎を借家に詰めさせる事にした。

左門は、宮田屋敷の斜向《はすむ》かいの御家人屋敷の借家に向かった。

宮田屋敷が行く手に見えてきた。

左門は、笠を僅かにあげて窺った。

宮田屋敷の佇まいから見て、変事があった気配はない。

左門は笠を下ろし、宮田屋敷の前を足早に通り過ぎようとした。

宮田屋敷の木戸口から小五郎が不意に現れた。

左門は思わず立ち止まった。

「昨夜は、危ないところをご助勢戴き、かたじけのうございました」

小五郎は左門に頭を下げた。

「いや……」

左門は通り過ぎようとした。

「何故、私を見張るのですか……」

小五郎は鋭く斬り込んだ。

左門は足を止めた。

小五郎は、左門が自分を見張っていると気付いて待ち構えていた。

黙って通り過ぎる訳にはいかない……。

左門は笠をあげ、小五郎を見据えた。

小五郎は笑みを浮かべた。

「どうぞ、お入り下さい」

小五郎は、先に立って屋敷内に入った。

左門は続いた。

日に焼けた古畳の座敷には、様々な金槌や銀の地金に円を描く器具など鍛金の道具と作り掛けの香炉があった。

「鍛金ですか……」

「はい。御覧のとおりの貧乏御家人。私には過ぎた内職です」

小五郎は小さく笑った。

「どうぞ……」

おかよが茶を差し出した。

「ご造作をお掛けします」

左門は礼を述べ、茶を飲んだ。茶の葉は安物だが、丁寧に淹《い》れられたまろやかさと香りがあった。

「美味い……」

左門は思わず呟《つぶや》いた。

「畏《おそ》れ入ります」

おかよは、恥ずかしげに微笑んだ。

「ご貴殿はおそらく直参。どうして私を見張るのか、それだけをお教え願いたい」

小五郎は、左門を正面から見据えた。

左門は苦く笑い、湯呑茶碗を置いた。

「料亭花清の主の清兵衛が、米相場で金儲けをすると言葉巧みに金を集め、私腹を肥やしているると知りましてね」

小五郎は頷いた。

「それで調べ始めたら、おぬしが清兵衛を尾行廻しているのを知りました。何故、おぬしは清兵衛の企みに気付いたのですか」

「私の鍛金の師匠が、清兵衛の勧めによって米相場に身代を賭け、損をしてすべてを失ってしまったのです。そして、激しい衝撃を受けて倒れ、病で寝込んでしまったのです。それで、詳しく事情を聞いたところ、私は清兵衛のしている事が騙りだと気が付いたのです……」

「で、清兵衛に師匠に金を返せとねじ込んだのですか……」

「はい。ですが、清兵衛はご貴殿も御存知のように刺客を向け、私を亡き者にしようと何度か……」

「宮田さん……」

左門は遮った。

「はい」

小五郎は戸惑いの色を浮かべた。

「清兵衛の背後には黒幕が潜んでいます」

左門は告げた。

「黒幕……」

小五郎は眉をひそめた。

「ええ。御家人など一捻りで潰す事の出来る立場にいる者です」

「あなた……」

おかよが心配げに小五郎を見上げた。

「後はこちらで何とかします。おぬしはもう手を引くべきです」

左門は、小五郎を見つめて静かに告げた。

「ご貴殿が何者かは存じませんが、私は手を引きません」

小五郎は左門を見返した。

「宮田さん」

「私は師匠に恩義があります」

「恩義……」

「はい。おかよは私同様貧乏御家人の娘でしてね。その昔、死んだ父親の作った借金の形《かた》に女郎に身売りさせられそうになったのです。勿論、私に借金を返す程の金はなく、おかよと駆け落ちしようと覚悟をしました。その時、師匠は黙って金を貸してくれたのです」

「お蔭で私は身売りをせずに済みました」

おかよは、浮かぶ涙を拭《ぬぐ》った。

「その恩義のある師匠の為、私は手を引きません」

小五郎は言い放った。

左門は、小五郎に深い覚悟を見た。

木洩れ日は眩《まぶ》しく煌めいた。

四

斜向かいの御家人屋敷の借家には、紳一郎が食料を持ち込んでいた。

左門は、宮田屋敷を示し、これまでの経緯を教えた。

「じゃあ、私は宮田屋敷を見張り、小五郎を刺客から護ればいいんですね」

「そうだ。小五郎闇討ちは、私が知っているだけでも二度も失敗している。次に現れる時には、手立てを選ばぬであろう。くれぐれも油断をせぬようにな」

「心得た。任せてください」

紳一郎は、宮田屋敷が見える窓辺に陣取り、握り飯を食べ始めた。

左門は、宮田屋敷を紳一郎に任せて外に出た。北割下水の武家地には日差しが溢れていた。左門は、眩《まぶ》しげに見上げた。

行商の金魚屋の売り声が長閑《のどか》に響き渡った。


日本橋川は、外濠から日本橋や茅場町を流れて永代橋で大川に合流している。

音吉は、日本橋川沿いの道を下り、小網町三丁目の裏通りに入った。そして、裏通りを二町ほど行ったところにある裏長屋の木戸口に立った。

この裏長屋に、銀屋秀峰堂の主の忠太郎がおかみさんと十五歳の娘が身を寄せあって暮らしている。

音吉は、秀峰堂忠太郎の親類や知り合いを訪ね歩き、ようやく小網町の裏長屋に辿《たど》り着いたのだ。

赤ん坊の泣き声が響いた。

音吉は、裏長屋の奥の家に進み、日差しと風雨に晒《さら》された腰高障子を叩いた。

銀屋『秀峰堂』の主の忠太郎は、心の臓の病を患って寝込んでいた。

忠太郎は、おかみさんの介添えで身を起こそうとした。

「旦那、そのままでお願いします」

音吉は慌てて押し止めた。

「お前さん、お言葉に甘えて……」

介添えをしていたおかみさんが、忠太郎に寝るのを勧めた。忠太郎は頷き、布団に身を横たえた。

「音吉さんでしたね」

忠太郎は息を鳴らし、声を掠れさせていた。

「へい」

「それで、どのような……」

「そいつが、実は花清の清兵衛さんの事なのですが……」

音吉は、躊躇《ためら》いながら告げた。

「清兵衛……」

忠太郎は、怒りを滲《にじ》ませた眼を音吉に向けた。

「へい。手前の主が、清兵衛さんに米相場で金儲けをしないかと誘われましてね。番頭さんが心配して、手前に調べろと云いましてね」

音吉は嘘をついた。

「音吉さん、米相場など出鱈目です」

「出鱈目……」

「ええ。清兵衛は米相場を餌にして金を集めて自分の懐に入れているのです」

「やっぱり……」

「ああ。儂《わし》は見たんだ。酒に酔った清兵衛が、米相場は金を集める口実で、最初から金を懐に入れて損をしたと云えば、それで大儲けだと笑っていたのを見たんだ」

「そいつは間違いありませんね」

「ああ……」

忠太郎は、怒りを滲ませて頷き、心の臓を押さえて苦しげに顔を歪めた。

「大丈夫ですか、お前さん」

「お父っつぁん、お水です」

台所にいた娘が、慌てて水を持ってきて忠太郎に飲ませた。忠太郎は水を飲み、微かに息を鳴らした。

これ以上の長居は、忠太郎の身体に良くない……。

音吉はそう判断し、忠太郎とおかみさんに礼を述べて家を出た。

娘が木戸口に見送りに出て来た。

「旦那の心の臓、早く良くなるといいね」

「はい」

娘は淋しげに頷いた。

「こいつは、旦那さまのお見舞いです」

音吉は、紙に包んだ一枚の小判を娘の手に握らせた。

「あっ……」

娘は驚いた。

音吉は、構わずに駆け去った。

娘は紙包みを握り締め、木戸口に立ち尽くした。


男たちの足音は、鈍く響いて近づいてきた。

紳一郎は眉をひそめ、窓の外を覗いた。

徒目付組頭《かちめつけくみがしら》が、十人ほどの徒目付衆を率いて宮田屋敷に駆け寄っていった。

紳一郎は、慌てて借家を走り出た。

徒目付組頭は、徒目付衆を率いて宮田屋敷に土足で踏み込んだ。

「何だ、おぬしたちは」

宮田小五郎は、戸惑いながらもおかよを後ろ手に庇《かば》って身構えた。

「徒目付組頭・岡野重蔵《おかのじゅうぞう》だ。宮田小五郎、その方、直参旗本でありながら強請りたかりの悪行を働いたとの訴えがある。大人しく同道して貰おう」

「強請りたかり……」

小五郎は驚いた。

「あなた……」

おかよは怯えた。

「岡野どの、私は強請りたかりなど身に覚えはござらぬ」

「問答無用。縄を打て」

徒目付衆は小五郎に殺到した。おかよは弾き飛ばされた。徒目付衆は、小五郎を縛りあげて引き立てた。

紳一郎は、宮田屋敷の表を固めていた徒目付に行く手を阻まれた。

「退《の》け。無礼者」

紳一郎は怒鳴った。

「黙れ。我らは公儀徒目付、役目の邪魔をすると容赦せぬぞ」

「徒目付……」

紳一郎は、驚き茫然《ぼうぜん》とした。

徒目付組頭たちが、縛り上げた小五郎を引き立てて出て来た。

「あなた……」

おかよが、紳一郎に追い縋《すが》った。

徒目付組頭は、おかよを邪険に突き飛ばした。おかよは無残に倒れた。

「おかよ……」

小五郎は、心配げに振り返った。だが、徒目付衆は構わず小五郎を引き立てた。

「あなた……」

おかよは啜り泣いた。

「おのれ……」

紳一郎は追った。

徒目付組頭・岡野重蔵と配下の徒目付衆は、宮田小五郎を北割下水沿いを横川に向かって引き立てた。

紳一郎は、小五郎を助け出す手立てを考えながら追った。

徒目付衆は、小五郎と岡野を二重三重に囲んで進んだ。

横川から船で小五郎を引き立てる……。

紳一郎は焦った。

岡野たち徒目付衆と小五郎が、横川の船着場に着いた。刹那、小五郎と岡野たち徒目付衆が、怒号をあげて激しく揉み合った。

白刃が煌めき、血煙があがった。

しまった……。

紳一郎は、血相を変えて走った。

小五郎と岡野たち徒目付衆は、激しい揉み合いを続けた。

「退け」

紳一郎は、猛然と突進して徒目付衆を突き飛ばした。

岡野たち徒目付衆が咄嗟に散った。

縛られた小五郎が、血まみれになって倒れていた。

「宮田さん」

紳一郎は、小五郎に駆け寄って抱き起こした。だが、小五郎の顔には、すでに死相が浮かんでいた。

「しっかりしろ。しっかりしろ宮田さん」

紳一郎は叫んだ。

「おかよ……」

小五郎は、虚ろな眼差しで哀しげに呟き、絶命した。

「宮田さん」

紳一郎は、小五郎の身体を揺すった。だが、小五郎が眼を開ける事はなかった。

「汚ねえ……」

紳一郎は呟《つぶや》いた。

岡野たち徒目付衆は、最初から小五郎を殺すつもりだったのだ。縛られて闘う事の出来ない宮田小五郎を無残に殺したのだ。

「宮田小五郎は逃げようとした故、成敗《せいばい》したまでだ……」

岡野は薄笑いを浮かべ、徒目付衆が紳一郎を取り囲んだ。

「煩《うるせ》え……」

紳一郎の怒りが激しく燃え上がった。

「その方、宮田小五郎の一味の者か」

岡野は、紳一郎に小五郎の血にまみれた刀を向けた。

次の瞬間、紳一郎は片膝を軸に身体を廻し、刀を閃光にして放った。岡野は、呆然とした面持ちで刀を落とし、腹から血を振り撒いて倒れた。

徒目付衆は怯んだ。

紳一郎は満面に怒りを露わにし、切っ先から血の滴《したた》る刀を握り締めて徒目付衆に対峙した。

徒目付衆は後退した。

「手前《てめえ》らは汚ねえ卑怯者だ……」

紳一郎は、間合いを一気に詰めて刀を鋭く瞬《また》かせた。

二人の徒目付衆が、真っ向から斬り下げられて棒のように倒れた。同時に残った徒目付衆は、我先に逃げ散った。

紳一郎は静かに刀を鞘に納め、小五郎の遺体に手を合わせた。

「さあ、家に帰ろう……」

紳一郎は、死んだ小五郎を背負って宮田屋敷に向かった。

北割下水は煌めきもなく流れ続けていた。


囲炉裏に掛けられた鉄瓶は、音を鳴らして湯気をあげていた。

左門は、燃える炎に柴をくべた。

料亭『花清』の主・清兵衛は、公儀重職の後ろ盾を得て米相場で大儲けが出来ると、大店の主たちから金を集めた。だが、清兵衛は集めた金を米相場に使う事もなく、目付の溝口左京亮と懐に入れている。

それが、左門たちの調べた清兵衛の悪行だった。

「で、どうします」

音吉は、暗い眼を左門と道春に向けた。

「俺たちの睨みを裏付けるものは、身代を奪われた秀峰堂の忠太郎の証言だけだが、それでもやるな」

道春は念を押した。

「ああ。裏仕置に確かな証拠はいらない。いるのはそいつが事実かどうかだけだ」

左門は冷笑を浮かべた。

裏口の板戸が二度静かに叩かれた。

左門は、囲炉裏の火箸を握った。火箸の先は錐《きり》のように尖っている。同時に、道春と音吉は、素早く物陰に潜んだ。

板戸は三度叩かれた。

二度叩き、間を置いて三度叩く……。

それが仲間内の合図だった。

「紳一郎か……」

紳一郎は、宮田小五郎に張り付いているはずだ。

左門は、不吉な予感を覚えた。

紳一郎が、板戸を開けて入って来た。

「どうした」

紳一郎の顔色は尋常ではなかった。

左門は眉をひそめた。

「宮田小五郎さんが、徒目付たちに殺された」

紳一郎は、怒りを浮かべて告げた。

「徒目付に……」

左門は、驚きに言葉を失った。

道春と音吉が現れ、囲炉裏端に戻った。

「紳一郎、仔細を話してみろ」

道春が促した。

「十人余りの徒目付が屋敷に踏み込み、小五郎さんを縛り上げて引き立て、逃げようとしたからと……」

紳一郎は、悔しさにまみれていた。

「小五郎を殺したのか」

「ああ。縛られて刀もない小五郎さんを、嬲《なぶ》り殺しにした。すまぬ……」

紳一郎は、小五郎を護れなかった己を恥じて項垂《うなだ》れた。

左門は眼を瞑《つむ》り、心の内で小五郎に手を合わせた。

「紳一郎さん、それでお前さんは……」

音吉は、険しい眼を紳一郎に向けた。

「徒目付を三人斬り棄て、小五郎さんの遺体を屋敷に運んだ」

左門は、小五郎の妻のおかよを思い出した。

小五郎とおかよは、互いに信じあった仲の良い夫婦だった。

　そのおかよが、小五郎の遺体を前にして哀しみに打ちのめされている。

　左門は、瞼に浮かぶおかよの顔を振り払った。

　これ以上、考えたくない……。

　左門は、浮かび上がるおかよの顔を懸命に振り払った。

「徒目付の仕業となりゃあ、目付の溝口左京亮の指図だな」

　道春は吐き棄てた。

「闇討ちの失敗が続き、役目を利用した卑劣な真似をした」

　左門は頷いた。

「さあて、どうします。左門の旦那……」

　音吉は左門を窺った。

「今夜だ……」

　左門は静かに告げた。

「今夜……」

　道春が眉をひそめた。

「ああ。今夜、清兵衛から金を巻き上げ、溝口左京亮と一緒に裏仕置にする」

　左門は冷たく云い放った。

夜の隅田川の川面には、行き交う船の灯りが映えていた。

花川戸町の料亭『花清』は客で賑わっていた。

戌《いぬ》の刻五つ半（午後九時）が過ぎた頃、二挺《ちょう》の町駕籠が到着し、道春と音吉が降り立った。

「これは、これは大河内さま……」

番頭の喜多八が、腰を折り曲げて迎えに出てきた。

「やあ、喜多八、座敷は空いているかな」

「それはもう。ささ、どうぞ」

道春と音吉は、喜多八に案内されて『花清』にあがった。

神田明神下の溝口屋敷は、夜の静けさに覆われて眠りに沈んでいた。

闇の中から二つの人影が現れた。

人影は、頭巾を被った左門と手拭で頬被りをした紳一郎だった。

二人は、怒りと憎悪に満ちた眼差しで溝口屋敷を見上げた。

「行くぞ。紳一郎……」

紳一郎は頷いた。

左門は、表門脇の潜り戸を叩き、暗がりに身を潜めた。

門番が窓を開けて覗いた。だが、門前には誰の姿もなく、門番は窓を閉めた。

左門は再び潜り戸を叩き、再び身を潜めた。門番が窓を開けて覗き、戸惑いの色を浮かべた。そして、面倒そうに潜り戸を開けて出てきた。

刹那、暗がりから現れた左門が、門番の脾腹《ひばら》に拳を叩き込んだ。

門番は苦しげに呻《うめ》き、気を失って崩れ落ちた。

左門は素早く門の中に入った。紳一郎が現れ、気を失った門番を担ぎあげて続いた。

六百余坪の敷地の溝口屋敷は、東側の表と北側に長屋を構えていた。

左門と紳一郎は、長屋に暮らす家来や奉公人たちに気付かれないように素早く裏手に廻った。


亥《い》の刻四つ（午後十時）が過ぎ、町木戸の閉まる刻限になった。

料亭『花清』の客は帰り、火入れ行燈《あんどん》は消された。

番頭の喜多八を始めとした通いの奉公人たちは帰り、住み込みの者たちも店の戸締まりをして部屋に引き取った。

料亭『花清』にようやく静寂が訪れた。

「そういえばおきぬ。御数寄屋坊主、どうした」

清兵衛は、手酌で酒を飲みながら女将のおきぬに訊いた。

「さあ、喜多八が見送ったんじゃありませんか……」

おきぬは、忙しかった夜を思い出しながら猪口の酒を飲んだ。

「そうか……」

清兵衛は、座敷にあがった道春たちに挨拶をし、僅かな雑談に応じて引き取った。その後、道春たちがどうしたかは分からない。

料亭『花清』は、静けさを深めて夜の闇に沈んでいく。そして、長い廊下の暗がりの奥に足音の軋みが小さく鳴った。

•

庭の池は月明かりに白く輝いていた。

左門と紳一郎は、植え込みの陰から屋敷の様子を窺っていた。

屋敷は暗く、明かりの灯されている座敷はなかった。

門番がそろそろ気を取り戻すはずだ……。

左門と紳一郎は、屋敷の動きを見守った。

手燭を持った宿直《とのい》の家来が、廊下を足早にやってきて座敷の前に片膝を着いた。

「殿……」

宿直の家来は、座敷からの返事を待った。やがて、座敷の障子が開き、寝巻きを着た溝口左京亮が姿を見せた。

「何事だ」

「曲者《くせもの》が忍び込んだ模様にございます」

「なに……」

溝口は眉をひそめた。

「只今、屋敷内を検《あらた》めておりますので、くれぐれもご油断召されぬように」

「うむ」

「では……」

宿直の家来は足早に立ち去り、溝口は鋭い眼差しで辺りを窺って座敷の障子を閉めた。

「左門さん」

「うむ」

左門と紳一郎は、植え込みの陰から溝口のいる座敷に向かって走った。

何者だ……。

溝口左京亮は、屋敷に侵入した曲者に思いを馳せた。

宮田小五郎は始末した。だが、現れた浪人が徒目付組頭の岡野重蔵と二人の徒目付を斬った。

その浪人か……。

溝口は気になった。

障子に人影が過った。

曲者……。

溝口は刀を手にした。同時に、障子が開いて頭巾を被った左門と手拭で頬被りをした紳一郎が入ってきた。

「曲者……」

溝口は叫ぼうとした。だが、一瞬早く紳一郎の刀が溝口の喉元に当てられた。溝口は言葉を飲み、凍てついた。

「溝口左京亮、花清の清兵衛と米相場を餌に金を集めて私腹を肥やし、それに気付いた宮田小五郎を卑怯にも殺した罪は許せぬ。裏仕置にするよ」

「裏仕置……」

溝口は喉を引きつらせた。

「ああ、死んで貰う」

左門は冷たく告げた。

「待て、待ってくれ」

溝口は、恐怖に激しく震えた。

「外道……」

紳一郎は怒りを滲ませ、溝口を真っ向から斬り下げた。

溝口は喉を笛のように甲高く鳴らし、布団の上に血を振り撒いて倒れた。

左門と紳一郎は座敷を出た。そして、植え込み伝いに裏門に走った。

座敷から家来たちのざわめきが湧きあがった。溝口の死体が見つけられたのだ。裏門を固めていた二人の家来が、慌てて座敷に駆け去った。

左門と紳一郎は、裏門から溝口屋敷を脱出した。


居間の襖が静かに開いた。

清兵衛が怪訝に振り返った時、道春と音吉が滑るように入ってきた。

清兵衛は思わず小さな声をあげた。だが、一瞬早く音吉は、清兵衛を背後から押さえて鎌の刃を首に当てた。

清兵衛は息を飲み、喉を激しく震わせた。

「清兵衛、米相場を餌に集めた金を出して貰おうか」

道春は笑い掛けた。

「し、知らん……」

清兵衛は微かに抗《あらが》った。

音吉の鎌の刃が、清兵衛の首筋を僅かに斬った。血の一筋が細く流れた。

「清兵衛、素直に金を出さなければ、喉を抉《えぐ》り取るぜ」

音吉は、再び鎌を僅かに引いた。首から流れる血の幅が広がった。清兵衛は、脂汗を滲ませて苦しげに呻いた。

「金は何処にある」

清兵衛は、震えながら縁起棚の下の戸棚を一瞥した。

道春は、縁起棚の下の戸棚を開けた。そして、中から金箱を引きずり出した。

「あったぜ……」

道春は金箱の蓋を開けた。

金箱には四百両余りの小判が入っていた。

「よし」

道春は、音吉に頷いてみせた。

音吉は、片頬を引きつらせて笑い、鎌を無造作に横に引いた。

清兵衛は、喉から血を振り撒きながら回転し、崩れるように倒れた。

道春は金箱を担ぎ、音吉と共に座敷から出て行った。そして、裏木戸の閂《かんぬき》を外して表に出た時、女将のおきぬの悲鳴があがった。

道春と音吉は、金箱を担いで夜の暗がりに消えた。


鯉は、幾つもの燭台の明かりを浴びて悠然と泳いでいた。

「溝口左京亮が死んだ……」

白髪の老人は、微かな戸惑いを浮かべた。

「はい。御公儀には病死と届けられたそうにございますが……」

神尾主膳は、壁を泳ぐ鯉を眺めながら酒を飲んでいる白髪の老人の背中に告げた。

「殺されたのか……」

白髪の老人の細い眼が鋭く光った。

「おそらく……」

「米相場に関わっての事か」

「相違ございますまい」

神尾は頷いた。

「獲物を横取りされたか……」

白髪の老人は、苛立たしげに盃の酒を飲み干した。

「何者の仕業だ」

「分かりませぬ」

「神尾、溝口を手に掛けた者が誰か、突き止めるのだ」

「心得ました」

神尾は一礼し、鯉の泳ぐ座敷を出た。

「おのれ……」

白髪の老人の細い眼に殺意が過った。


日本橋川の鎧《よろい》ノ渡《わたし》には、茅場町と小網町を結ぶ渡し舟が行き交っている。

音吉は、小網町三丁目の裏通りにある長屋に向かった。そして、銀屋『秀峰堂』の主である忠太郎を見舞った。

音吉は、用があってそこまで来たついでに寄ったと告げ、見舞いの菓子箱を置いて帰った。見舞いの菓子箱の下には、五十両の小判が秘められていた。

宮田小五郎の弔いは、公儀をはばかって弔問客も少なく淋しいものだった。

左門と紳一郎は、弔問客の端に連なって手を合わせた。そして、五十両の金を香典として妻のおかよの許に置き、北割下水の宮田屋敷を後にした。

米相場に金を出していた客たちは、清兵衛の死を知って料亭『花清』に押し寄せた。そして、女将のおきぬに預り証文を突きつけた。おきぬは、料亭『花清』を売るしかなかった。

左門たちの裏仕置は終わった。

第四話　坊主金《ぼうずがね》

一

目安箱に入れられた意見書や訴状に取り上げられるものはなく、すべてが打ち棄てられる事になった。

評定所書役《ひょうじょうしょ》・柊左門は、上役である留役の坂井市兵衛から意見書や訴状の廃棄を命じられた。

左門は、渡された意見書や訴状に眼を通しながら、一通ずつ火鉢で燃やした。

意見書や訴状は、火鉢の中で燃え上がって灰になっていく。

左門は、一通の訴状に眼を止めた。

訴状は、牛込御門神楽坂をあがり、横寺町に入った処にある『稜泉寺』の住職を告発したものだった。

稜泉寺の住職・浄雲は、高利で金を貸してあくどく儲けている。そして、貸した金の取立てに孤児を使っていると書き記されていた。

「借金の取立てに孤児を使っている金貸し坊主か……」

左門は興味を抱いた。

訴状を書いたのは、牛込肴町《うしごめさかなまち》に住んでいる魚屋金八《きんぱち》とされていた。

横寺町と肴町は同じ神楽坂にあり、近くといっていい。

さあて、どうする……。

左門は、魚屋金八の訴状を懐に入れ、残りの焼却を急いだ。

炎は燃え上がり、煙が用部屋に立ち込めた。

左門は、煙に噎《む》せて激しく咳をした。


辰ノ口の評定所を出た左門は、内濠沿いに御三卿田安家傍の田安御門に向かった。そして、田安御門を渡り、飯田町を神田川沿いに進んだ。やがて、神田川に架かる牛込御門に出た。牛込御門を渡ると神楽坂だった。

左門は神楽坂をあがった。

神楽坂は段々状の急な坂道だ。その名の謂れは、坂の途中に穴八幡神社の旅所があり、祭礼時に神輿《みこし》を停めて神楽を奏でたところから付いたとされる。

左門は、穴八幡旅所や善國寺毘沙門堂の前を通って肴町に入った。そして、自身番を訪れて魚屋金八の場所を尋ねた。

「魚屋金八ですか……」

自身番に詰めている家主が、戸惑いを浮かべた。

「うむ。どこかな」

「誰か知っているかい」

家主は首を捻《ひね》り、一緒に自身番に詰めている店番《たなばん》と番人に訊いた。

店番と番人は、家主同様に首を捻った。

「さあ、聞いた事ありませんよ。魚屋金八なんて……」

店番が答え、番人が頷いた。

目安箱に訴状を入れた〝魚屋金八〟は、出鱈目《でたらめ》なのかも知れない。

「そうか。じゃあ、横寺町の稜泉寺は知っているか」

「はい。存じておりますが、何分にもお寺社のご支配なので……」

家主は言葉を濁した。

妙な予断を持たずに、自分の眼で見た方がいい……。

左門は、己にそう言い聞かせた。

「そうか。いや、造作を掛けたな」

「いいえ。お役に立ちませんで……」

左門は、肴町の自身番を出て横寺町の稜泉寺に向かった。

稜泉寺は古い小さな寺だった。

狭い境内では、男女数人の幼い子供が賑《にぎ》やかに遊んでいた。

左門は境内に入り、本堂や庫裏《くり》などを眺めた。

本堂や庫裏などは古く傷んでおり、庭木も手入れがされておらず、住職の浄雲が金を掛けていないのが分かった。
十三、四歳の少女が、庫裏から茹《ゆ》でた唐芋《からいも》を入れた笊《ざる》を持って出て来た。
「みんな、おやつだよ」

少女は、遊んでいる幼い子供たちを呼んだ。

「あっ。唐芋だ」

幼い子供たちが少女に駆け寄った。

「熱いから気をつけて食べるんだよ」

幼い子供たちは、少女から湯気をあげる唐芋を貰い、本堂の階段に腰掛けて食べ始めた。

子供たちは稜泉寺の孤児なのだ。

左門がそう思った時、少女が怪訝《けげん》な眼差しを向けた。

「あの……」

「やあ。ご住職はおいでかな」

左門は微笑《ほほえ》み掛けた。

「いいえ。出掛けておりますが……」

「そうか。お前さんはこの寺に奉公しているのかな」

「いいえ。私はこのお寺にお世話になっている孤児です」

孤児の少女は、世話になっている代わりに寺の仕事の手伝いをしているのだ。

「ほう。そうなのか……」

「あの、お侍さまは……」

「うん。通り掛かりの者だよ。ではな……」

長居は無用な疑問を抱かせる。

左門は稜泉寺の境内を出て、神楽坂の通りに戻った。

神楽坂は日差しに溢れていた。

「あら、左門の旦那じゃありませんか……」

左門は背後からの女の声に振り返った。

女掏摸《おんなすり》のお蝶が微笑んでいた。

「おう。お蝶か……」

女掏摸のお蝶は、この一帯の門前町の裏長屋で暮らしていた。

「そうか。お前、神楽坂に住んでいたんだな」

「ええ。神楽坂に何のご用ですか」

「どうだ、茶でも飲むか」

「いいですよ」

左門は、お蝶を伴って近くの茶店に入った。


茶店の座敷には風が吹き抜けていた。

左門とお蝶は、茶店の女に酒を頼んだ。

「お蝶、稜泉寺って寺を知っているか」

「ええ。孤児の面倒を見ているお寺でしょう」

お蝶は知っていた。

「ああ。住職の浄雲、どんな人だ」

「何でも元は旅の雲水《うんすい》だったんだけど、無住の荒れ寺だった稜泉寺に住み着いたそうでしてね。孤児を集めて面倒を見ている人徳者ですよ」

お蝶は、運ばれてきた酒を左門の猪口《ちょこ》に満たしながら浄雲を誉めた。

「そうか……」

左門もお蝶の猪口に酒を満たした。

「畏れ入ります」

「いいや……」

左門とお蝶は酒を飲んだ。

「これを読んでみな」

左門は、懐から訴状を出してお蝶に渡した。

「なんですか……」

お蝶は眉をひそめた。

「目安箱に入れられたが、お取り上げにならなかった訴状だよ」

「へえ……」

お蝶は、物珍しそうに訴状を開いて読み始めた。

左門は手酌で酒を飲み、お蝶が訴状を読み終わるのを待った。

お蝶は、訴状を読み終わり吐息を洩らした。

「どうだい」

「お金を高利で貸し、孤児に取立てを手伝わせているなんて、きっと嘘ですよ」

お蝶は、猪口の酒を飲み干した。

「嘘か……」

「ええ。そりゃあ、檀家もなくて潰れ掛かったお寺ですから、お金を貸して利息を儲けているのかもしれません。でも、きっとそれは、孤児の面倒を見る為ですよ」

お蝶は、訴状の内容を否定し、浄雲の味方をした。

「成る程……」

「大体、肴町の魚屋金八なんて聞いた事ありませんしね」

「やっぱりな」

「えっ……」

「肴町の自身番で訊いたんだが、魚屋金八はいないと云うんだな」

「そうでしょう。きっと和尚《おしよう》さんを陥れようと考えた奴が、出鱈目の事と名前を書いたんですよ」

お蝶はそう睨《にら》み、怒りを滲《にじ》ませた。

左門は苦笑した。

「もし、そうだとしたら、誰が何故、浄雲を恨んでいるのかだな」

「ひょっとしたら、和尚さんにお金を借りて返せない奴かも知れませんね」

お蝶は睨んだ。

「うむ……」

「旦那、何でしたら私が、ちょいと調べてみましょうか」

お蝶は身を乗り出した。

「やってみるか」

「ええ。任せて下さいな」

お蝶は、張り切って猪口の酒を飲み干した。

左門はお蝶と別れ、夕陽を背中に浴びて神楽坂を下りた。坂の下に見える神田川は夕陽に赤く煌《きら》めいていた。

神田川が牛込御門から両国で大川に合流するまでには、小石川御門、水道橋、昌平橋、筋違御門《すじかいごもん》、和泉橋、新シ橋、浅草御門、柳橋が架かっている。小料理屋『葉月《はげつ》』は、その中の和泉橋の袂にあった。

「金になるかな……」

御数寄屋坊主の道春は、薄笑いを浮かべて酒を飲んだ。

「そいつなんだが、浄雲から金を借り、返すのが嫌で訴状をでっち上げた野郎がいるなら、金になるだろうな」

左門は、己の猪口を空けて手酌で満たした。

「借金を返すのが嫌な野郎か……」

「ああ。もっとも住職の浄雲が金貸しをしていたならだが……」

左門は猪口の酒を飲んだ。

「ま。そいつを確かめるのが先だな」

「うむ……」

「それにしても今時、孤児の面倒を見るなんて奇特な坊主だぜ」

道春は自分の頭を撫《な》で廻した。

「まったくだ」

左門は苦笑した。

女将《おかみ》のお仙と客たちの笑い声が、小料理屋『葉月』の店内から楽しげに洩《も》れてきた。

神田川牛込御門前の荷揚場では、人足たちが忙しく荷船からの荷降ろしをしていた。

お蝶は、門前町の裏長屋を出て神楽坂をあがった通りに出た。

神楽坂は昇る朝陽に輝いていた。

お蝶は、神楽坂を横切って横寺町の稜泉寺に向かった。

稜泉寺の狭い境内には、住職の浄雲の読む経が朗々と響いていた。

お蝶は庫裏を窺った。

庫裏の外の井戸端では、男女の幼い子供たちが賑やかに顔を洗っていた。

浄雲の経が終わった。

「みんな、朝ご飯だ」

庫裏から出て来た十歳ほどの新吉が、幼い子供たちに声を掛けた。幼い子供たちは、嬉しげな声をあげて我先に庫裏に駆け込んだ。

「いただきます」

子供たちの元気な声が響き、庫裏に静けさが訪れた。

お蝶は庫裏に忍び寄り、僅かに開いている窓から中を覗いた。

庫裏では、住職の浄雲と十人程の子供がささやかな朝飯を食べていた。
浄雲は、四十歳過ぎの初老の男だった。
子供たちの中で一番の年嵩《としかさ》は、左門と言葉を交わした少女のおたまだった。
「おたま姉ちゃん、お代わり」
次に年嵩の新吉が、空になった茶碗を持っておたまに駆け寄った。
「おいらもお代わりだ」
九歳の太助が続いた。
子供たちは先を争って飯を食っていた。
「みんな、御飯と味噌汁、まだあるからゆっくり食べるんだよ」
おたまは、子供たちを落ち着かせた。
浄雲は苦笑し、茶碗の残り飯に味噌汁を掛けて啜った。
楽しげな朝飯だった。
お蝶は、庫裏の窓辺を離れて山門の外に出た。
孤児でも大きな違いだ……。
棄て去り、忘れたはずの子供の頃の記憶が蘇ろうとしている。
お蝶は、蘇ろうとしている忌まわしい記憶を慌てて打ち消した。

四半刻（三十分）が過ぎた。

墨染衣《すみぞめごろも》を着た浄雲は、陽に焼けた饅頭笠《まんじゆうがさ》を被って庫裏から出て来た。新吉と竹籠を背負った太助が続いて現れた。

浄雲、新吉、太助は、おたまと幼い子供たちに見送られて出掛けた。

お蝶は尾行を開始した。

浄雲は古い衣を翻し、新吉と太助を連れて神楽坂を下った。

お蝶は慎重に追った。

神楽坂を下りた浄雲たちは、神田川沿いを両国に向かった。

訴状に書かれていたように、新吉と太助に借金の取立てをさせる気なのか……。

浄雲たちは、湯島聖堂の隣の町並みに入った。そして、店を開けたばかりの米屋の前に立ち、朗々と経を読み始めた。

新吉と太助は布袋を手にし、托鉢《たくはつ》する浄雲の傍に佇《たたず》んだ。

お蝶は見守った。

米屋から番頭が現れ、新吉と太助の持っている布袋に米を入れてくれた。

新吉と太助は礼を述べ、浄雲は頭を下げて経を読み続けた。

浄雲は、新吉と太助を連れて托鉢《たくはつ》を続けた。八百屋では、大根や唐芋を太助の背負った竹籠に入れて貰った。

お布施……。

浄雲は店々を托鉢して廻り、米や野菜などをお布施として貰っている。新吉と太助は、そうした米や野菜を運ぶ役目で浄雲の托鉢に付いてきているのだ。

浄雲と新吉・太助の托鉢は続いた。

お蝶は尾行を続けた。

新吉の米袋はふくらみ、太助の竹籠の野菜も増えていった。

浄雲たちは、托鉢を続けて不忍池の畔にまでいった。そして、池之端の茶店に立ち寄った。茶店の老爺は、浄雲たちを親しげに迎えた。

浄雲は饅頭笠を取り、裏の井戸で顔や手足を洗った。

「大丈夫か、新吉、太助」

老爺は、新吉と太助に声を掛けた。

「へっちゃらだ」

「おいらもだ」

新吉と太助は、米袋と野菜の入った竹籠を降ろした。

「そうか。偉いぞ」

老爺は、二個の大きな握り飯と茶を茶店の横手の縁台に運んでくれた。

「さあ、新吉、太助。握り飯を食べて米と野菜を持って先に帰ってくれ」

浄雲は命じた。

「はい」

新吉と太助は返事をし、大きな握り飯を頬張った。

「父っつぁん、お代だ」

浄雲は、お布施として貰った銭を何枚か取り出し、老爺に握り飯と茶代を渡した。

四半刻が過ぎた。

新吉と太助は握り飯を食べ終え、米袋と野菜の入った竹籠を担いだ。

「気をつけてな」

「はい。では和尚さま、先に帰ります」

「うん」

新吉と太助は、浄雲と茶店の老爺に挨拶をして神楽坂に向かった。

「さあて、拙僧《せっそう》も行くとするか」

浄雲は草鞋《わらじ》の紐を締め直し、饅頭笠を被った。

「これからもう一つの仕事かい」

老爺は、歯の抜けた口で笑った。

「まあな」

浄雲は苦く笑った。

「取りはぐれのないようにな」

「命を懸けて手にした金だ。子供たちの為にも利息と一緒に返して貰う」

浄雲は不敵に笑い、錫杖《しやくじよう》をついて立ち上がった。

錫杖の鐶《かん》が鳴った。

浄雲は、貸した金の取立てに行く。

お蝶は慎重に追った。


下谷広小路は、上野寛永寺や不忍池に行く人々で賑わっていた。

浄雲は人込みを進み、上野北大門町にある呉服屋『田丸屋』の前に佇んで経を読み始めた。

『田丸屋』から番頭が現れ、浄雲に何事かを囁《ささや》いて裏手への路地に案内した。浄雲は、番頭に続いて路地に入っていった。

お蝶は、浄雲を追って素早く路地に向かった。

呉服屋『田丸屋』の奥座敷には広小路の賑わいも聞こえず、微風《そよかぜ》が静かに吹き抜けていた。

浄雲は濡縁に腰掛け、出された茶を飲みながら主の光左衛門が来るのを待った。

お蝶は、木戸に隠れて庭先の様子を窺った。

「これはこれは浄雲さま。お待たせ致しました」

光左衛門が奥からやって来た。

「やあ……」

浄雲は微笑んだ。

「早速ですが、今月の返済分の十両と利息の一両。都合十一両にございます。お確かめ下さい」

光左衛門は、懐紙に十一枚の小判を載せて浄雲に差し出した。

「うむ。確かに。では、今月分の証文を……」

浄雲は、光左衛門に一枚の証文を渡した。

「確かに……」

光左衛門は、証文を読んで懐に仕舞った。

「後二回、二十両で終わりですな」

「はい。五十両をお借りして、毎月十両に一両の利息を付けて五ヶ月の月割りで返す。お蔭さまで、傾き掛けた店もどうにか立ち直れそうにございます」

「それは良かった。拙僧も五ヶ月で五両の儲けになり、ありがたい事にございます」

「それで浄雲さま、子供たちは元気ですか」

「お蔭さまで達者にしております」

浄雲と光左衛門は、茶を飲みながら世間話をし始めた。

浄雲は、やはり金貸しをしていた。だが、それは悪辣《あくらつ》なものではなく、極めて真っ当なものと云えた。

浄雲は湯呑茶碗を置き、饅頭笠を手に取った。

引き揚げる……。

お蝶は、素早く路地伝いに表に向かった。

下谷広小路の雑踏は眩《まぶ》しかった。

昌平橋を渡って神田川を越えると、そこは駿河台小川町の武家地だ。

浄雲は、昌平橋を渡って神田川沿いの淡路坂《あわじざか》をあがった。行く手に太田姫稲荷《おおたひめいなり》があり、一帯は稲荷小路と呼ばれている。

浄雲は、稲荷小路の一角にある旗本屋敷を訪れた。

お蝶は、太田姫稲荷に手を合わせながら浄雲の様子を窺った。

浄雲は、閉められた表門脇の潜《くぐ》り戸を叩いた。覗き窓が開き、中間《ちゅうげん》が顔を覗かせた。

「何だ。また来たのか」

中間は、胡散臭《うさんくさ》げに眉をひそめた。浄雲は、どうやら何度も屋敷を訪れているようだ。

「はい。涼一郎《りょういちろう》さまに浄雲が来たとお取り次ぎを願います」

浄雲は、饅頭笠をあげて頼んだ。

「分かった。待っていろ」

中間は、乱暴に覗き窓を閉めた。

浄雲は、厳しい面持ちで佇んだ。

僅かな時が過ぎた。

中間が、覗き窓から再び顔を出した。

「浄雲さん、若さまはお出掛けで留守だった」

「お留守……」

「ああ。昼前、俺が門番に就く前に出掛けちまったそうだ」

中間は、申し訳なさそうに顔を背《そむ》けた。

嘘だ……。

中間は明らかに嘘をついている。

佐藤《さとう》涼一郎は、卑怯にも居留守を使っているのだ。居留守はこれで五度目だ。だが、屋敷に乗り込み、涼一郎を探す訳にはいかない。

浄雲は、涼一郎の卑劣さに呆れた。

「分かりました。ならば、貸した金子《きんす》をお返し願えない時は、この浄雲、お父上の佐藤帯刀《たてわき》さまかお目付さまに泣き付くかもしれぬと、お伝え下さい」

浄雲は、中間に言付けを頼んで屋敷を離れ、神田川沿いを西に進んだ。

お蝶は尾行をしようとした。その時、旗本屋敷の潜り戸が開き、若い着流しの武士が二人の家来を従えて現れた。

お蝶は、慌てて常夜燈の陰に隠れた。

若い着流しの武士と二人の家来は、神田川沿いの道を行く浄雲を追った。

お蝶は、戸惑いながら充分な距離を取って追い掛けた。

浄雲は、西日を受けて神田川沿いの道を進んだ。そして、神田川に架かる神田上水の懸《かけ》樋《ひ》の傍を通り、水道橋を渡って北側に出た。

浄雲は西日に顔を輝かせ、神田川の北側の道を神楽坂に向かった。

浄雲が行き、若い着流しの武士と二人の家来が尾行し、お蝶が追った。神田川に続く江戸川に架かる船河原橋を渡り、揚場町の荷揚場に差し掛かった。荷揚場に人気《ひとけ》はなかった。

若い着流しの武士が、二人の家来に何事かを命じた。二人の家来は、浄雲に猛然と駆け寄って捕まえようとした。

危ない……。

お蝶は、思わず我が身を竦《すく》めた。

刹那《せつな》、浄雲は振り返り、錫杖を唸《うな》らせた。

家来の一人が弾き飛ばされ、荷揚場から神田川に転げ落ちた。

もう一人の家来が刀を抜き、浄雲に激しく斬り付けた。浄雲は、錫杖で刀を叩き落とした。そして、怯《ひる》んだ家来の喉元に錫杖の石突を突きつけた。鮮やかな手際だった。

「佐藤涼一郎の家来か」

浄雲は嘲《あざけ》りを浮かべた。

家来は怯《おび》え、背後を窺った。だが、若い着流しの武士はすでに姿を消していた。

「お前も馬鹿な主を持ったものだ」

浄雲は、淋しげに言い棄てて神楽坂に向かった。

家来は刀を拾い、慌ててその場から逃げた。

浄雲は稜泉寺に帰る……。

お蝶は、夕陽の中に去って行く浄雲を見送った。

二

神田川を吹き抜ける夜風は、小料理屋『葉月《はげつ》』の暖簾を揺らした。

お蝶は、酒を飲み干して吐息を洩らした。

「よくやった、お蝶」

左門は、お蝶の猪口に酒を満たした。

お蝶は、浄雲を尾行した結果を報《しら》せ終えた。

「真っ当な金貸しだったか」

道春は笑った。

「ええ。月割りの返済を許したり。子供はお布施として貰ったお米や野菜の運び役でしてね。

それより、借りたお金を返さず、取立てを受けて貸し主の命を狙う馬鹿がいるんですよ」

「お蝶、その旗本の屋敷、太田姫稲荷のある稲荷小路だったな」

「ええ」

「どの屋敷だ」

音吉は、お蝶に駿河台小川町の切絵図を開いて見せた。

「ええと……。ここだよ」

お蝶は切絵図を覗き込み、〝佐藤帯刀《たてわき》〟と書かれた屋敷を指差した。

「佐藤帯刀か……」

「佐藤帯刀……」

左門は眉をひそめた。

「ご存知ですかい」

「いいや……」

左門は首を横に振った。

「旗本八百石、納戸頭《なんどがしら》だぜ」

道春は、嬉しげな笑みを浮かべて酒を啜った。

「納戸頭か……」

左門は呟《つぶや》いた。

「納戸頭ってどんなお役目なんだい」

お蝶は眉をひそめた。

「納戸頭ってのはな……」

納戸方とは、将軍の手元金や衣服や調度品の管理・出納《すいとう》をし、大名旗本からの献上品や下賜品《かしひん》を取り扱う役目であり、納戸頭はその長である。

「つまり、大名旗本から付け届けの多い、旨味のある役目。懐も裕福で強請《ゆす》り甲斐のある獲物って訳だぜ」

道春は嬉しげに笑った。

「その倅《せがれ》の涼一郎って野郎が、浄雲から金を借り、取立てを受けて襲ったか……」

音吉は、嘲りを浮かべて酒を飲んだ。

「涼一郎かもしれませんね。目安箱に訴状を入れた魚屋金八ってのは……」

「おそらくな」

左門は頷いた。

「で、どうします」

音吉は、猪口を置いて左門を窺った。

「音吉、そいつは聞くまでもない事だ。なあ、左門……」

道春は、手酌で酒を飲んだ。

「お蝶、浄雲は涼一郎の家来を二人、鮮やかに追い払ったんだな」

左門は話題を変えた。

「ええ、涼一郎はその前にさっさと逃げちまったけどね」

お蝶は吐き棄てた。

「武士だな……」

「浄雲か……」

「ああ、坊主になる前は武士だろう」

左門は頷いた。

「侍が雲水になり、稜泉寺に流れ着いて孤児の面倒を見ているか……」

「それにしても、金貸しをする元手の金、どうやって工面したのですかね」

音吉は首を捻った。

「それなら、命を懸けて手にした金だと云っていましたよ」

お蝶は、不忍池の茶店の老爺と話していた浄雲を思い出した。

「命を懸けて手にした金か……」

左門は思いを巡らせた。

「さあて、明日からどうする」

道春は、獲物を見つけた獣のように眼を輝かせた。

左門は苦笑した。


稜泉寺は夜の闇に包まれていた。

夕食の後、浄雲は子供たちに手習いをさせ、算盤《そろばん》を教えた。おたまと新吉や太助たち子供は熱心に学んだ。そして、子供たちは眠りに就いた。

燭台の灯りは微かに揺れた。

刃は鈍色《にびいろ》に輝き、浄雲の顔を仄《ほの》かに映した。

浄雲は、手にした刀を見つめた。

刀だけを頼りに生きて来た過去が、ゆっくりと静かに蘇る。

剣の道に望みを抱き、志に燃えて諸国を巡り歩いた事……。

遺恨を抱いた武士と、半狂乱になって斬り合った事……。

食う為に渡世人《とせいにん》の喧嘩に雇われ、人を斬った事……。

鈍色に輝く刀には、浄雲の様々な過去が秘められている。

浄雲は、鈍色の輝きに吸い込まれそうになった。次の瞬間、浄雲は刀の鈍色の輝きを振り払うように一閃《いっせん》させ、鞘に納めた。

燭台の灯りは消えた。


稲荷小路の佐藤屋敷は、小者と中間が表門を開けて掃除をしていた。

音吉は、佐藤屋敷が見える太田姫稲荷の境内に潜んだ。

涼一郎が動くとしたなら、おそらく昼が過ぎてからだ。

音吉はそう見当をつけ、附近の屋敷の奉公人や出入りの商人から涼一郎の評判を聞き集め始めた。


稜泉寺の朝は賑やかだった。

浄雲の読経《どきよう》が響き、寺の表や境内の掃除をする子供たちの声が飛び交っている。

お蝶は物陰から見守った。

掃除を終えた子供たちは、我先に庫裏の傍の井戸に駆け寄って顔や手足を洗った。やがて、浄雲の読経も終わり、朝飯の時となる。

今日、浄雲はどうするのか……。

お蝶は、物陰に潜んで待った。

時が過ぎ、饅頭笠を被った浄雲が錫杖を持って山門から現れた。そして、おたまが、新吉や太助と見送りに出て来た。

「いいか、新吉、太助。わしは今日、神田明神の前で托鉢をする。妙な奴が来たらすぐに報せるんだ」

「はい」

新吉と太助は、神妙な面持ちで頷いた。

「それからおたま、子供たちを山門から出さぬようにな」

「はい」

おたまは頷いた。

「よし。では、行ってくる」

浄雲は、錫杖の鐶を鳴らして出掛けていった。

お蝶は気付いた。

浄雲は、佐藤涼一郎が寺に現れ、子供たちに災いを与えるのを恐れている。

お蝶に迷いが浮かんだ。

神田明神の前で托鉢をする浄雲を見張るか、稜泉寺で子供たちを見守るべきか……。

お蝶は迷った。そして、迷った末に浄雲を追った。


若年寄支配下の納戸頭は二人おり、配下に五人の組頭と五十六人の納戸衆がいた。

道春は、納戸頭の一人佐藤帯刀の人となりを密かに調べ始めた。

佐藤帯刀は、上役におもねり配下に厳しく、大名・旗本からの付け届けを遠慮せずに受け取る絵に描いたような役人だった。

評判は決して良くない……。

道春は、調べ始めて半刻もしない内にそれだけの事を知った。


佐藤屋敷は表門を閉じていた。

音吉は、斜向《はすむ》かいの旗本屋敷の中間頭に金を握らせ、長屋門の中間部屋の窓から佐藤屋敷を見張っていた。

若い侍が三人、佐藤屋敷から出て来た。

「ありゃあ誰だい……」

音吉は中間頭に訊いた。

中間頭は、音吉のいる窓を覗いた。

「先頭の奴が涼一郎で、後の二人は家来の金丸と目黒だ」

「野郎が涼一郎か……」

音吉は初めて、背が高く痩せた涼一郎を見た。

「ああ。見た目は立派だが、只の見栄っ張りの身の程知らずだ」

中間頭は蔑《さげす》み、嘲笑《あざわら》った。

音吉は苦笑し、中間部屋を走り出た。

涼一郎は、金丸と目黒を従えて神田川沿いを西に向かっていた。西には牛込御門があり、神楽坂に続いている。

行き先は稜泉寺……。

音吉はそう睨み、涼一郎たちを追った。


神田明神は参拝客で賑わっていた。

浄雲は、神田明神前に佇んで経を読み、托鉢をしていた。行き交う人が、時々思い出したように小銭を椀に入れていた。

お蝶は、行き交う人々越しに浄雲を見張った。

四半刻が過ぎた。

浄雲の托鉢に変わったところはない……。

お蝶はそう思った。そして、不吉な予感に襲われた。

稜泉寺の子供たちが気になる……。

次の瞬間、お蝶は神楽坂に向かっていた。


佐藤涼一郎は、金丸と目黒を従えて神楽坂をあがっていた。

音吉は尾行した。

涼一郎と金丸、目黒は、尾行を警戒して振り返る事もなく、神楽坂に息を切らせていた。

情けねえ野郎どもだ……。

音吉は吐き棄てた。

神楽坂をあがって無様《ぶざま》に息を鳴らすのは、武士としての心得もなく修行を何もしていない証拠といえる。

音吉は、涼一郎たちの尻を蹴飛ばしたい衝動に駆られた。

神楽坂をあがり切った涼一郎たちは、そのまま進んで横寺町《よこでらまち》に入った。横寺町には稜泉寺がある。

涼一郎は、何しに稜泉寺に行くのか……。

音吉は、思いを巡らせた。


稜泉寺の境内には、幼い子供たちの楽しげに遊ぶ声が溢れている。

新吉と太助は、山門の前で辺りを警戒していた。

涼一郎が金丸と目黒を従え、往来からやって来た。

新吉は緊張した。

「太助……」

太助は、涼一郎たちを睨みつけた。

涼一郎は、新吉と太助に蔑む眼を向けながら近づいて来る。

「みんなと庫裏に入れ」

新吉は太助に命じた。太助は境内に駆け込み、遊んでいた幼い子供たちと庫裏に入った。

新吉は、近づいて来る涼一郎たちを睨みつけた。

「小僧、浄雲はいるか」

涼一郎はせせら笑いを浮かべた。

「和尚さまは托鉢だ」

新吉は、涼一郎を睨みつけたまま後退《あとずさ》りした。

「何処に托鉢に行った」

「知らないよ。そんな事」

新吉は怒鳴り、身を翻して境内に駆け込んだ。

「おのれ、小僧……」

涼一郎は、新吉を追って境内に踏み込んだ。

金丸と目黒が続いた。

新吉は、庫裏に逃げ込んだ。

涼一郎は、庫裏の戸を開けようとした。だが、庫裏の戸は心張り棒が掛けられたのか開かなかった。

「開けろ。小僧」

涼一郎は、庫裏の戸を蹴飛ばした。

その時、本堂の扉が開き、太助が飛び出して山門に走った。

「捕まえろ、金丸」

涼一郎は怒鳴った。金丸が、慌てて太助を追った。

音吉は境内の植え込みに潜み、懐の鎌を握り締めて涼一郎と目黒を見守った。

太助は、横寺町の往来を神楽坂に走った。

神田明神にいる浄雲に報せなければ……。

太助は、行き交う人々の間をすり抜け、懸命に走った。

「退《の》け、退け」

金丸は、擦れ違う人を突き飛ばして追った。

「小僧……」

金丸は、太助に追い縋《すが》って手を伸ばした。

その時、神楽坂からあがって来たお蝶が、金丸の行く手を遮《さえぎ》った。

「退け、女」

金丸は怒鳴った。

お蝶は蔑みの一瞥《いちべつ》を与え、金丸と身体をこするように擦れ違った。

刹那、お蝶の右手の指先が輝いた。

金丸は、太助を追って神楽坂を駆け降りた。だが、ずり落ちた袴に足を取られ、無様に倒れ込んだ。行き交う人々が、横目に見て密かに嘲り笑った。

金丸は、袴の切れた紐を見た。紐は刃物で綺麗に切られていた。

お蝶の仕業だった。

太助はすでに神楽坂を駆け降り、その姿は見えなくなっていた。金丸は事態が飲み込めず、混乱するだけだった。

不吉な予感は当たった……。

お蝶は、右手の指に挟んだ剃刀《かみそり》を帯の間に仕舞い、稜泉寺に急いだ。

涼一郎と目黒は、庫裏の戸を抉《こ》じ開けて踏み込んだ。

新吉とおたまたちは奥に隠れたのか、居間には誰もいなかった。

「なんだい、お侍さんたちは」

女の厳しい声がした。

涼一郎と目黒は驚き、振り返った。

お蝶が戸口にいた。

「女、お前は……」

目黒は戸惑った。

「私はこのお寺に関わりのある者ですよ」

お蝶は、高飛車に遮った。

「それよりお侍さんは、何処《どこ》のどなたさまなんですか」

お蝶は咎《とが》めるように尋ねた。

目黒は怯《ひる》み、涼一郎を窺った。

涼一郎は、苛立ちを滲ませた。

「もうじきご住職の浄雲さまも帰ってきますので、お待ちになりますか」

お蝶は挑むように嘲笑った。

「黙れ。行くぞ、目黒」

涼一郎は目黒を促し、お蝶を突き飛ばすように庫裏から出て行った。

お蝶は見送り、安堵の吐息を洩らしてあがり框《がまち》に座り込んだ。

新吉とおたま、そして幼い子供たちが奥から顔を出した。


浄雲は錫杖を小脇に抱え、墨染衣を翻して神楽坂を猛然と駆け上がった。

太助は、浄雲の背中を見つめて必死に続いた。

「すまぬ。皆の衆、退いてくれ」

浄雲は詫びながら走った。行き交う人々は驚き、浄雲と太助に道を譲って見送った。

浄雲は、稜泉寺の境内に駆け込み、鋭く辺りの様子を窺った。

境内に殺気はなく、人が潜んでいる気配もなかった。

「和尚さま」

新吉とおたま、そして幼い子供たちが庫裏から飛び出して来た。

「おお……」

「和尚さま」

幼い子供たちが、浄雲に駆け寄って抱きついた。新吉とおたまは、安心したように浄雲を見上げていた。浄雲は素早く子供の人数を数えた。

「みんな、無事だったか……」

浄雲は安堵した。

「はい。知らない女の人が追い払ってくれました」

おたまが報告した。

「知らない女の人……」

「はい」

おたまと新吉は頷いた。

「そうか……」

浄雲に戸惑いが湧いた。

「よし。わしが帰ったからには、もう安心だ。さあ、みんな中に入ろう」

浄雲は、子供たちを庫裏に入れて戸口で境内を振り返った。

お蝶は、山門の陰で息を殺して身を縮めた。

浄雲は、お蝶に気付かず戸を閉めた。

もう大丈夫……。

お蝶は、稜泉寺を離れた。

三

湯島天神門前の盛り場は、日暮れが近づくにつれて活気づいていく。

音吉は、裏路地の片隅にある居酒屋『だるま亭』を見張っていた。

涼一郎は、牛込御門で目黒と別れ、神楽坂から真っ直ぐ湯島天神に来た。そして、居酒屋の『だるま亭』に入った。

音吉は、裏路地に入って見張りを続けた。

半刻が過ぎた時、目黒が悄然《しょうぜん》とした金丸を連れてやって来た。

どうやら、金丸は逃げた子供を捕えられなかったようだ。

音吉は嘲笑した。

日が暮れ、酔客の笑い声と酌婦の嬌声が響いた。

金丸が『だるま亭』から現れ、裏路地を出て行った。

一人じゃあ手が足りない……。

音吉は、道中用の矢立と懐紙を出して手紙を書いた。そして、裏路地の入り口で店仕舞をしていた飴細工売りを呼び止め、左門に届けるように頼んだ。

湯島天神から下谷《したや》練塀小路《ねりべいこうじ》は近い。

飴細工売りは、音吉に渡された心付けを懐に入れて練塀小路に急いだ。

音吉は、居酒屋『だるま亭』に入った。


居酒屋『だるま亭』は、仕事帰りの職人やお店者で賑わっていた。

涼一郎は、店の奥の小座敷で目黒を相手に酒を飲んでいた。

音吉は、涼一郎たちのいる小座敷の傍に座り、店の若い衆に酒と大根の煮物を頼んだ。

涼一郎は、苛立ちを浮かべて酒を飲んでいる。

音吉は、運ばれて来た酒を飲み、涼一郎の様子を窺った。

「おのれ……」

涼一郎は焦りを見せていた。

「しかし、涼一郎さま、この事が殿のお耳に入ると……」

目黒は怯えていた。

「目黒、だから一刻も早く始末するしかないのだ」

涼一郎は吐き棄てた。

金貸しの坊主から遊び金を借りたと、父親の帯刀に知れたら只では済まない。良くて謹慎、悪くすれば廃嫡《はいちゃく》されるかもしれないのだ。

涼一郎は恐れた。

「僅か二十両の金を返せ返せと煩《うるさ》く取立てに来おって。がきを捕えて餌にし、誘《おび》き出す手筈《てはず》が……」

涼一郎は、腹立たしげに猪口の酒を呷《あお》った。

「最早、残された手立ては一つだ」

涼一郎は、酒に濡れた唇を醜く歪《ゆが》めた。

半刻が過ぎた頃、金丸が三人の浪人を伴って戻って来た。

「おお、待ちかねたぞ。みんな」

涼一郎は、三人の浪人を嬉しげに迎えた。

目黒は、店の若い衆に酒と肴を頼んで小座敷の障子を閉めた。

これまでだ……。

音吉は、酒代を払って居酒屋『だるま亭』を後にした。

「ありがとうございました」

音吉は、若い衆の声に送られて『だるま亭』を出た。

「音吉……」

斜向かいの路地に左門がいた。

音吉は、左門のいる路地に入った。

「涼一郎、何をしている」

左門は、『だるま亭』を一瞥した。

「今、浪人が三人来ましてね。涼一郎の野郎、何かを企《たくら》んでいますぜ」

音吉は冷笑を浮かべた。

「焦っているな」

「ええ。稜泉寺の孤児を勾《かどわ》かして浄雲を誘き出そうとしたのですが、お蝶に邪魔をされましてね」

「お蝶に……」

「ええ。お蝶、いい度胸をしていますよ」

音吉は薄く笑った。

「それで、浪人を呼んで何かを企んでいるのか……」

「きっと……」

音吉は頷いた。

「よし。このまま見張りを続けよう」

左門と音吉は、路地の暗がりに潜んだ。

湯島天神門前の盛り場には、酔客や酌婦たちの賑やかな声が益々溢れた。


稜泉寺の庫裏の奥には、子供たちの寝息が洩《も》れていた。

燃える炎は、囲炉裏端に座っている浄雲の影を壁に大きく揺らしていた。

愚か者が……。

浄雲は思わず吐き棄てた。

佐藤涼一郎の愚かさは、何不自由のない旗本の家に生まれたが故の傲慢さといえる。

荒れ寺に身を寄せ合って暮らす坊主と孤児が、ようやく手にした暮らしの糧を得る手立てを理不尽に踏みにじる。それは、孤児たちの行く末を奪う事でもあるのだ。

浄雲は金貸しで儲けた金を貯め、孤児が一人立ちする時に渡してやるつもりだ。

俺と子供たちの邪魔はさせぬ……。

浄雲は刀を抜いた。

鈍色に輝く刃に、囲炉裏で燃える赤い炎が映った。


亥《い》の刻四つ（午後十時）、町木戸の閉まる刻限が近づいた。

湯島天神門前の盛り場の賑わいは終わりに近づいた。

居酒屋『だるま亭』は店仕舞を始めた。

涼一郎は、金丸や目黒と三人の浪人を従えて『だるま亭』から出て来た。そして、盛り場を抜けて神田川に向かった。

「左門の旦那……」

「うむ」

左門と音吉は、路地の暗がりから現れて涼一郎たちを追った。

神田川に出た涼一郎たちは、川沿いの道を牛込に向かった。

「野郎、稜泉寺に行く気だな」

音吉が睨んだ。

「ああ……」

左門と音吉は、暗がり伝いに涼一郎たちを尾行した。

神田川の流れは月明かりを浴び、蒼白く煌めいていた。


稜泉寺は夜の静けさに沈んでいた。

涼一郎は、金丸と目黒、そして三人の浪人と共に稜泉寺の前に佇んだ。

稜泉寺の山門の扉は崩れ落ちてない。

涼一郎たちは境内に踏み込んだ。

境内に変わった様子はなく、庫裏や本堂に明かりは灯《とも》っていなかった。

「相手は強いといっても坊主一人だ」

涼一郎は、侮《あなど》りの表情を浮かべて残忍に笑った。

「斬り棄てろ」

涼一郎は、三人の浪人に命じた。

「案ずるな……」

浪人の一人が苦笑した。そして、他の二人の浪人と庫裏の戸口に忍び寄った。

植え込みの陰で、音吉は柄から鎌の刃を引き出し、左門が刀の鯉口《こいくち》を切った。

刹那、庫裏の戸口が開き、浄雲が黒い影となって飛び出した。血が夜目にも鮮やかに飛び散り、浪人の一人が倒れた。

浄雲は刀を構え、残る二人の浪人と対峙した。

涼一郎は、金丸と目黒を従えて浄雲の背後を固めた。

「浄雲、これまでだ」

涼一郎は、顔を醜く引きつらせ、声を掠《かす》れさせた。

「何処までも卑怯な奴だな、涼一郎」

浄雲は、刀の切っ先から血を滴り落とし、涼一郎に迫った。涼一郎は怯え、慌てて金丸と目黒の後ろに隠れた。そして、浪人の一人が浄雲の前に立ちはだかった。

「雇い主を斬られると、貰える金も貰えねえからな」

浪人は不敵に笑い、刀を抜き払った。

浄雲は、静かに刀を構えた。

「目黒、金丸、子供だ。子供を連れて来い」

涼一郎は叫んだ。

目黒と金丸が庫裏の中に走った。

「涼一郎、子供には手を出すな」

浄雲は、金丸と目黒を追おうとした。だが、二人の浪人が遮った。

浄雲は焦った。

「浄雲、子供に手出しされたくなければ、さっさと死ね」

涼一郎は醜く叫んだ。

「音吉、子供の処に行くぞ」

「承知」

左門と音吉は、植え込み伝いに庫裏の奥に走った。

二人の浪人は、浄雲に斬り掛かった。

浄雲は、二人の浪人と激しく斬り結んだ。二人の浪人はかなりの使い手だった。

闇に火花が散り、焦げ臭さが漂った。

涼一郎は、斬り合いの激しさに怯え、微かに震えながら後退りした。


おたまは新吉や太助と、幼い子供を庇《かば》って、集めてあった石を金丸と目黒に投げ付けていた。

目黒と金丸は、思わぬ攻撃に晒《さら》されて立ち往生していた。

石は途切れる事なく、金丸と目黒に飛来した。金丸と目黒は頭を抱えた。次の瞬間、左門と音吉が、金丸と目黒に襲い掛かって激しく撲《なぐ》りつけた。金丸と目黒は、気を失って倒れた。

「あっ……」

おたまは、左門の顔を見て驚いた。

「やあ、怪我はないかな」

左門は、おたまに微笑み掛けた。

「はい」

おたまは、誘われるように笑って頷いた。

「音吉、後は頼んだよ」

「ああ……」

左門は、再び表に向かった。


浄雲と二人の浪人は、互いに手傷を負いながら激しく斬り合った。

血と汗と土が飛び散った。

二人の浪人は、前後左右から浄雲を攻撃した。

浄雲は、左右の攻撃に僅かに体勢を崩した。

次の瞬間、右手の浪人が短い気合を発して鋭く斬り付けてきた。浄雲は、前のめりに倒れながら刀を横薙《よこな》ぎに一閃させた。

刀の煌《きら》めきが交錯した。

浄雲は片膝を着いて振り返り、懸命に刀を青眼《せいがん》に構えた。刀を握る左手から血が滴り落ちた。浄雲は左肩を斬られていた。

斬り付けてきた浪人は嬉しげに笑った。そして、脇腹から血を振り撒き、棒のように横倒しに倒れた。

涼一郎は、斬り合いの凄まじさに呆然と立ち竦《すく》んでいた。

残った浪人が、左肩から血を流している浄雲に上段から斬り掛かった。

刹那、左門が庫裏から飛び出し、浪人に抜き打ちの一刀を浴びせた。

浪人は咄嗟《とっさ》に体勢を変え、左門の攻撃を躱した。同時に浄雲の刀が瞬《また》いた。

浪人の顔が苦しく歪んだ。浄雲の刀が、浪人の腹を深々と突き刺していた。

「お、おのれ……」

浪人は呻《うめ》くように呟《つぶや》き、腹に刀を突き立てたまま尻から地面に落ち、仰向けに倒れて絶命した。

涼一郎は、恐怖に顔を引きつらせ、激しく震えていた。震えは逃げる事を許さぬほど激しかった。

左門は、涼一郎を素早く当て落とした。

涼一郎は、驚いたように眼を見開いた。

左門は浄雲に駆け寄り、左肩の傷を検《あらた》めた。傷は深く、血は流れ続けた。

「しっかりしろ」

浄雲は苦しげに眼をあけた。

「ご助勢、かたじけない……」

浄雲は礼を云い、気を失った。

「和尚さま」

おたまと新吉たち子供が、浄雲に駆け寄った。

「和尚さま」

子供たちは泣き出した。

「旦那……」

音吉が現れた。

「音吉、医者だ」

「はい。一番近い医者の家は何処だ」

「おいら、知っている」

太助が叫んだ。

「案内しろ」

音吉と太助は、稜泉寺を駆け出していった。

「みんな、和尚さんを庫裏に運ぶんだ」

左門は、気を失った浄雲を抱き上げた。

お玉と新吉が手伝った。


浄雲の肩の傷の血は止まらなかった。

左門は、おたまと新吉に湯を沸かさせ、浄雲の傷を洗って血止めを急いだ。

浄雲は、意識を取り戻した。

「気が付きましたか。今、医者が来ます」

左門は励ました。

「ご貴殿は……」

浄雲は苦しげに尋ねた。

「私は柊左門。通り掛かりの者です」

「そうですか……」

浄雲は、眼を瞑《つむ》った。

「御坊、元は武士ですね」

浄雲は、眼を瞑ったまま頷いた。

「それが何故、出家して孤児の世話を……」

左門は尋ねた。

「剣に望みを懸け、必死に修行した。しかし、名をあげる望みも仕官も叶わず。気付いた時には、渡世人の喧嘩出入りの助っ人、狡猾《こうかつ》な商人の用心棒。僅かな金を貰う為に人を斬っていた。そして、惨めで虚しく、酒浸りの日々の挙句の悔恨。殺《あや》めた人々に許して貰うには、人を育てるしかない……」

浄雲は、眼を瞑ったまま淡々と語った。

「それで、孤児を……」

浄雲は微かに頷いた。

「金貸しを始めた元手の金はどうしたのです」

「お尋ね者の非道な盗賊を斬り、持っていた二十両を……」

「悪党の上前《うわまえ》を撥《は》ねましたか……」

左門は笑った。

浄雲は、自分たちと変わらない。

「で、佐藤涼一郎には、幾ら貸したのですか」

「二十両、返す期限は去年の三月……」

涼一郎は、返済期限が一年半も過ぎても返していないのだ。

「金は、子供たちの行く末に必要なものです」

浄雲は喉を震わせた。

「貸した二十両、利息を添えて私が取り立てよう」

左門は約束した。

「旦那……」

音吉と太助が医者を連れて来た。おたまと新吉たち子供が続いて入って来た。

「これはこれは……」

医者は、眉をひそめながら治療を始めた。

左門は、医者に浄雲の容態を説明した。

本堂は暗く沈んでいた。

気を失った涼一郎は、猿轡《さるぐつわ》を嚙まされて柱に縛りつけられていた。

「さあて、どうします」

音吉は、楽しそうに笑った。

「馬鹿な倅《せがれ》の責めは、親に取って貰うしかあるまい」

「じゃあ、親父の佐藤帯刀からいただきますかい」

「ああ……」

左門は、気を失っている涼一郎を冷たく見据えて頷いた。


夜は更け、神田川の荷揚場に人気はなかった。

後ろ手に縛られた金丸と目黒は、踏鞴《たたら》を踏んで倒れ込んだ。

左門は、冷徹な眼差しで金丸と目黒を見据えた。金丸と目黒は、満面に怯えを滲ませた。

「涼一郎は預った。借金を踏み倒し、闇討ちを仕掛けた事を目付に届け出れば、その罪科《ざいか》は涼一郎だけでは済まず佐藤家にも及び、取り潰しは免れぬと覚悟しろ」

「取り潰し……」

金丸と目黒は、恐ろしげに顔を見合わせた。

「取り潰しを免れ、涼一郎を返して欲しければ、稜泉寺の住職と子供たちに今後一切手出しをせぬと約束し、三百両を渡して貰おう」

「三百両……」

金丸は思わず呟いた。

「うむ。明日午《うま》の刻九つ（正午）、両国橋の西詰にお前一人で持ってこい」

「わ、私が……」

「下手な小細工は、佐藤家の命取り……」

左門は冷たく笑った。

「分かったなら、早々に屋敷に戻り、帯刀に伝えろ」

金丸と目黒は、後ろ手に縛られたまま必死に立ち上がり、神田川沿いの道を稲荷小路に急いだ。

左門は、厳しい面持ちで見送った。

四

真夜中の佐藤屋敷に緊張が溢れた。

納戸頭の佐藤帯刀は、眼を閉じて黙って話を聞いていた。

金丸と目黒は、恐怖に震えながら事の次第と左門の言葉を伝えた。

「金丸、目黒。涼一郎さまの行状、間違いないのだな」

控えていた用人の小林敬之進は、厳しく問い質した。

「は、はい」

金丸と目黒は平伏した。

「涼一郎は、坊主に金子を借り、何に使ったのだ」

帯刀は眉をひそめた。

「新吉原の花魁《おいらん》に……」

金丸と目黒は身を縮めた。

「愚か者が……」

帯刀は吐き棄てた。

「殿、如何致しましょう」

小林は、帯刀に指図を仰いだ。

「涼一郎を捕えたのは何者だ」

帯刀は、金丸と目黒を鋭く見据えた。

「そ、それは……」

「分からぬのか……」

「申し訳ございませぬ」

金丸と目黒は声を震わせた。

「三百両を渡さなければ、涼一郎を目付に突き出すか」

「はい……」

「さすれば佐藤家はお取り潰しとなり、わしは切腹……」

帯刀は、己への嘲りを滲ませた。

「殿……」

小林は眉をひそめた。

「小林。佐藤の家を護《まも》るには、三百両を用意するしかあるまい」

「はい……」

小林は頷いた。

「明日、午の刻九つ。金を渡す場所は、両国橋の西詰だな」

小林は念を押した。

「左様にございます」

「両国の西詰。広小路か……」

「広小路の賑わい。如何《いか》に手配りしても……」

小林は、厳しい面持ちで首を横に振った。

「それは向こうも同じ。小林、両国橋の西詰。船着場の近くだな……」

「舟で大川から金を受け取りに来るのかもしれませぬ」

小林は膝を進めた。

「うむ……」

「ならば、そのように手配りを……」

小林は座を立とうとした。

「小林……」

「はっ……」

帯刀に呼び止められ、小林は怪訝な面持ちで座に戻った。

「禍根《かこん》を残してはならぬ」

帯刀は冷たく云い放った。

両国広小路は賑わっていた。

午の刻九つが近づいた。

両国橋の西詰には、露店が連なり托鉢坊主が経を読んでいた。そして、緊張した面持ちの金丸が、風呂敷包みを抱えて片隅に佇んだ。風呂敷包みは、三百両の入った金箱だった。

大川の向こうの本所から、回向院《えこういん》の午の刻九つを告げる鐘の音が流れてきた。

金丸は、風呂敷包みを思わず抱き締め、行き交う人々を警戒した。

「三百両持参したか」

背後から不意に声が掛かった。金丸は振り返ろうとした。

「振り返ると斬る」

金丸は凍《い》てついた。

「金子はこれだ」

金丸は風呂敷包みを示した。

「ならば、風呂敷包みを置け」

「涼一郎さまは……」

「金を確かめてから返す」

金丸は指示に従うしかなく、風呂敷包みを置いた。

加納紳一郎は、編笠を僅かにあげて広小路を見渡した。

行き交う人々に監視をしている者はいない。

た。


「ご苦労だった」

紳一郎は、風呂敷包みを抱えて素早く船着場に駆け降り、待たせてあった猪牙舟《ちょきぶね》に乗った。

「やってくれ」

船頭は、紳一郎を乗せた猪牙舟を浅草吾妻橋に進めた。

金丸は、編笠の浪人が猪牙舟に乗ったのを見届け、柳橋に走った。

神田川は両国橋の傍らで大川と合流しており、柳橋には船宿の船着場があった。

「やはり舟で来ました」

金丸は、猪牙舟に乗って待機していた小林に報せた。

「見届けた。早く乗れ」

小林は命じた。金丸は猪牙舟に飛び乗った。

「猪牙舟を出せ」

小林、金丸、目黒を乗せた猪牙舟が大川に進み、三人の家来を乗せたもう一艘《そう》が続いた。

「あの、編笠を被った浪人の乗った猪牙です」

金丸は、紳一郎の乗る猪牙舟を指差した。

「見失うな」

小林たちは、紳一郎の乗った猪牙舟を追った。

猪牙舟の舳先は流れを切り裂き、水飛沫《みずしぶき》を煌めかせた。

金箱には三百両の小判が入っていた。

紳一郎の乗った猪牙舟は、大川を遡《さかのぼ》って浅草吾妻橋に向かった。

大川には様々な船が行き交っている。

吾妻橋の手前の竹町之渡から屋根船が漕ぎ出し、本所に向かって大川を斜めに横切り始めた。そして、紳一郎の乗る猪牙舟と小林たちの舟の間を進んで来た。

屋根船には、御数寄屋坊主の道春とお蝶が乗っていた。紳一郎の乗る猪牙舟は、屋根船とすれ違ってその陰に隠れた。

小林は焦った。

紳一郎の乗る猪牙舟と道春・お蝶の乗る屋根船は船縁を接した。

紳一郎は、道春とお蝶に金箱を渡した。

「ご苦労さん」

道春とお蝶は金箱を受け取った。そして、紳一郎の乗る猪牙舟は、屋根船と擦れ違ってその陰から抜け出した。

僅かな間の出来事だった。

小林は、紳一郎の乗る猪牙舟を追った。

道春とお蝶は障子を開け、酒を飲みながら擦れ違う小林たちの猪牙舟を見送った。

紳一郎の猪牙舟は、吾妻橋を潜《くぐ》って尚も進んだ。

向島の岸辺には、竹屋《たけや》ノ渡《わたし》と寺嶋村《てらじまむら》の渡し場などがある。紳一郎は、そうした船着場を素通りし、綾瀬川の手前の岸辺に猪牙舟を寄せた。そして、紳一郎は身軽に岸辺に跳んだ。

「岸辺に寄せろ」

小林は船頭に命じ、岸辺に降り立った。

金丸と目黒。そして、もう一艘の猪牙舟に乗って来た三人の家来が続いた。

小林は、油断なく辺りを窺った。

茂みの奥に小さな祠があり、頭巾を被った左門が佇んでいた。

「続け……」

小林は、金丸と目黒たちを従えて左門に向かった。

「三百両、確かにいただいた」

頭巾の下に見える左門の眼は笑っていた。

「涼一郎さまは何処だ」

小林は、抑えていた怒りが露わになるのを感じた。

「連れて来い」

編笠を被った紳一郎と頬被りをした音吉が、疲れ果てて腰の抜けたような涼一郎を連れて祠の陰から現れた。

涼一郎は、茂みに無様に座り込んだ。

「取引は終わりだ。連れて行くがいい」

左門は嘲笑を浮かべた。

「こ、小林。手を貸せ。俺に手を貸せ……」

涼一郎は、幼子が甘えるように手を伸ばした。小林は怒りを募らせた。

「金丸、目黒……」

「はっ」

金丸と目黒は、鼻水を啜っている涼一郎に駆け寄った。

「涼一郎さま……」

「おお、金丸、目黒……」

「もう、大丈夫ですぞ」

「うん」

涼一郎は嬉しげに頷いた。

金丸と目黒は、涼一郎を左右から助け起こして小林の元に戻り始めた。

左門は見守った。

「いいのかな、裏仕置」

紳一郎は左門に囁いた。

「そいつはこれからだ」

左門は、冷たく事態を見据えた。

「小林……」

涼一郎は、金丸と目黒に左右の腕を抱きかかえられ、嬉しげに小林に近づいた。

刹那、小林は抜き打ちの一刀を涼一郎に放った。

涼一郎は、嬉しげな笑みを浮かべたまま立ち竦《すく》んだ。

左門、音吉、紳一郎は、咄嗟《とっさ》に身構えた。

金丸と目黒は、茫然《ぼうぜん》とした面持ちで凍《い》てついた。

次の瞬間、涼一郎は首の付け根から血を振り撒いた。

金丸と目黒は、驚いて涼一郎の腕を離した。

「どうして……」

涼一郎は、戸惑いの表情を浮かべて崩れ落ち、絶命した。

小林は、涼一郎の死体に手を合わせるように瞑目《めいもく》した。

左門は見守った。

「涼一郎さまを舟にお乗せしろ」

家来たちは、素早く涼一郎の死体を猪牙舟に運んだ。金丸と目黒は茫然《ぼうぜん》として続いた。

「これで、何もかも忘れていただきたい」

小林は、厳しい面持ちで左門たちに告げた。

左門は小林を見つめた。

小林は僅かに頭を下げ、猪牙舟に向かった。

左門は、黙って見送った。

二艘の猪牙舟は、涼一郎の死体と小林たちを乗せて隅田川を下っていった。

「左門さん……」

紳一郎は戸惑いを見せた。

「おそらく、父親帯刀の指図だろう」

左門は吐息を洩らした。

「涼一郎を生かしておくと、佐藤家の為になりませんか……」

紳一郎は呟《つぶや》いた。

左門は頷いた。

「冷てえもんだ。旦那、こうなると分かっていたんですかい」

音吉は、左門に咎《とが》めるように眼を向けた。

「禍根は情け容赦なく断つのが武家の倣《なら》い」

左門は、音吉を見返した。

「嫌な渡世だぜ、武家ってのは……」

音吉は吐き棄てた。

「帰るよ」

左門は、綾瀬川に繋《つな》いである猪牙舟に向かった。音吉と紳一郎は続いた。

隅田川から吹き抜ける風は、向島の田畑の緑を大きく揺らした。


納戸頭・佐藤帯刀は、嫡男涼一郎の病死を公儀に届け出た。

我が子を非情に斬り棄てて禍根を断ち、三百両の金で佐藤家を護った。

帯刀に悔いはなかった。

浄雲は辛うじて命を取り留めた。だが、斬られた左肩は、二度と動かないだろう。

左門は、音吉、道春、紳一郎、お蝶に五十両ずつ渡した。

「残りの五十両はどうするんだい」

道春は、残った二個の切り餅を一瞥した。

「こいつの始末は、私に任せて貰う」

左門は、二個の切り餅を懐に入れた。

「深手《ふかで》を負った坊主と孤児か……」

道春は、左門を冷たく一瞥した。

「いいじゃありませんか、道春さん。左門の旦那、私でお役に立てる事があれば、お手伝いしますよ」

お蝶は笑った。

「じゃあ、あっしはこれで……」

音吉は立ち上がった。

「どうです音さん、百獣屋《ももんじや》に山鯨《やまくじら》の鍋を食いに行きませんか」

紳一郎は、腹の虫を鳴らした。

百獣屋は獣肉を料理する店だ。〝山鯨〟は〝牡丹《ぼたん》〟とも呼ぶ猪《いのしし》の肉であり、〝紅葉《もみじ》〟とは鹿《しか》の肉である。

「紳一郎さん、そいつは遠慮するぜ」

音吉は苦笑した。

「そうですか、美味《うま》いし精がつくんですけどねえ」

紳一郎は、不思議そうに首を捻《ひね》った。

左門たちは別れた。


見聞組の頭・神尾主膳は、配下の氷川兵馬《ひかわひようま》の報告に眉をひそめた。

「納戸頭の佐藤帯刀の息子……」

「はい。涼一郎と申す二十歳になる嫡男ですが、急な病で死んだそうにございます」

氷川兵馬は告げた。

「急な病……」

武家の〝急な病〟には裏がある。

「ですが、妙な事が……」

「申してみよ」

「涼一郎の身辺を探る正体の知れぬ者どもがいたとか……」

神尾は眉をひそめた。

正体の知れぬ者ども……。

神尾は、米相場の騙《かた》りに関わり、不審な死を遂げた目付の溝口左京亮を思い出した。

関わりがあるのかもしれない……。

「氷川、その正体の知れぬ者どもを、詳しく調べてみろ」

「心得ました」

氷川は、一礼して去った。

死んだ佐藤涼一郎は、病死ではなく正体の知れぬ者どもに殺されたのかもしれない。もしそうだとしたなら、佐藤家には公儀に知られたくない秘密があるのだ。

その秘密を突き止めれば、上様御側近くに仕える納戸頭は抑えられる。

神尾は思いを巡らせた。


稜泉寺の境内は、幼い子供たちの遊ぶ声で賑やかだった。

浄雲は、布団の上に半身を起こして左門を迎えた。

「柊さま、この度《たび》はいろいろお世話になり、お礼の申し上げようもございませぬ」

「いえ。命を取り留め、なによりでした」

「お蔭さまで……」

左門は、浄雲に二つの切り餅を差し出した。

「これは……」

「一つは取り立てると約束をした涼一郎に貸した二十両と利息。もう一つは、涼一郎の父親からの見舞金とでもしておきましょう」

左門は小さく笑った。

「佐藤涼一郎、よく返しましたな」

「浄雲さん、涼一郎は死にました」

「死んだ……」

浄雲は眉をひそめた。

「ええ……」

「そうですか、死にましたか……」

浄雲は、涼一郎の死の真相に気付いた。

木洩れ日が庭先に煌めいていた。

「柊さま、武士という者は哀れなものですな」

「左様、僅かな扶持米《ふちまい》や矜持《きょうじ》にしがみついて生きている。己が己らしく生きていける道があれば、浄雲さんのように武士など潔く棄てるべきなのかもしれません」

左門は苦く笑った。

子供たちの楽しげな笑い声が、境内から賑やかに響いてきた。

浄雲は眼を細めた。

「せめてもの救いですか……」

左門は微笑んだ。

「左様にございます」

浄雲は頷いた。


神楽坂は夕陽に照らされていた。

左門は、神楽坂に影を伸ばして下った。

背中に感じる夕陽は暖かかった。


裏仕置は終わった。

光文社文庫

文庫書下ろし／長編時代小説
坊《ぼう》　主《ず》　金《がね》　評定所《ひょうじょうしょ》書役《かきやく》・柊《ひいらぎ》左門《さもん》　裏《うら》仕《し》置《おき》㈠
著　者　藤《ふじ》　井《い》　邦《くに》　夫《お》

2009年 9 月20日　初版 1 刷発行

発行者　駒　井　稔
印　刷　豊　国　印　刷
製　本　関　川　製　本

発行所　株式会社　光　文　社
〒112-8011　東京都文京区音羽1-16-6
電話　(03)5395-8149　編　集　部
8113　書籍販売部
8125　業　務　部

ISBN978-4-334-74651-3　Printed in Japan

組版　萩原印刷

お願い　光文社文庫をお読みになって、いかがでございましたか。「読後の感想」を編集部あてに、ぜひお送りください。

このほか光文社文庫では、どんな本をお読みになりましたか。これから、どういう本をご希望ですか。

どの本も、誤植がないようつとめていますが、もしお気づきの点がございましたら、お教えください。ご職業、ご年齢などもお書きそえいただければ幸いです。当社の規定により本来の目的以外に使用せず、大切に扱わせていただきます。

光文社文庫編集部